这才是孩子爱读的三国演义

全8册 ① 黄巾之乱

[明] 罗贯中 - 原著　梁爱芳 - 编著　燕子青 - 绘

北京理工大学出版社

版权专有 侵权必究

图书在版编目（CIP）数据

这才是孩子爱读的三国演义. 黄巾之乱 /（明）罗贯中原著；梁爱芳编著；燕子青绘. -- 北京：北京理工大学出版社，2024.3

ISBN 978-7-5763-3125-7

Ⅰ. ①这… Ⅱ. ①罗… ②梁… ③燕… Ⅲ. ①《三国演义》—少儿读物 Ⅳ. ① I242.4

中国国家版本馆 CIP 数据核字（2023）第 224131 号

责任编辑：申玉琴	文案编辑：申玉琴
责任校对：刘亚男	责任印制：施胜娟

出版发行	/ 北京理工大学出版社有限责任公司
社　　址	/ 北京市丰台区四合庄路 6 号
邮　　编	/ 100070
电　　话	/（010）68944451（大众售后服务热线）
	（010）68912824（大众售后服务热线）
网　　址	/ http://www.bitpress.com.cn

版 印 次	/ 2024 年 3 月第 1 版第 1 次印刷
印　　刷	/ 三河市金元印装有限公司
开　　本	/ 880 mm × 1230 mm　1/16
印　　张	/ 7
字　　数	/ 85 千字
定　　价	/ 299.00 元（全 8 册）

图书出现印装质量问题，请拨打售后服务热线，负责调换

主要人物

 刘备
 关羽
 张飞
 曹操
 董卓
 袁绍
 吕布
 孙坚
 貂蝉

目录

01 刘关张桃园三结义
　　—— 乱世三兄弟横空出世 1

02 黄巾起义搅动风云
　　—— 兄弟联手大破黄巾军 10

03 猛张飞鞭打督邮
　　—— 张三爷，不好惹 19

04 曹孟德献刀刺董卓
　　—— 孤勇者曹操 27

05 关云长温酒斩华雄
　　—— 我有酒，你有脑袋吗 37

06 虎牢关三英战吕布
—— 谁是三国武力值天花板 46

07 王司徒巧使美人计
—— 色字头上一把刀 55

08 凤仪亭吕布戏貂蝉
—— 英雄难过美人关 64

09 陶恭祖三让徐州
—— 徐州这块烫手的山芋 74

10 濮阳城六将战吕布
—— 曹操差一点就全军覆没了 85

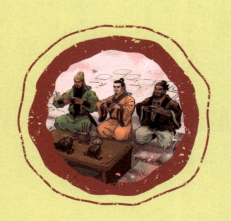

刘关张桃园三结义

——乱世三兄弟横空出世

人人心中都有一个英雄梦，那究竟什么才是英雄呢？

有人说"时势造英雄"，没有天生的英雄，英雄原本都是在大江大河里随波逐流的小鱼，只不过有一天偶然遇到一个时机，忽然化身为龙，一飞冲天。

这个时机，就叫时势。

1800多年前，有个人就迎来了他的时势，他的名字叫张角。

东汉末年，汉灵帝当政，宠信后宫的十常侍。什么是常侍呢？就是通常所说的太监。为君的不走正道，天下自然大乱，再加上地震、水灾、荒年接连而至，老百姓身处水深火热之中，民怨沸腾。

在这个时候，张角登上了历史舞台——他自称"天公将军"，发动起义，还打出了一句标语："苍天已死，黄天当立；岁在甲子，天下大吉。"这句话是什么意思呢？意思就是：皇帝轮流做，今年该我了！

老百姓在水深火热中备受煎熬，眼珠子都要饿绿了，一听说跟着张角有饭吃，就迅速聚集到张角麾下。没过多久，张角就组织了一支四五十万人的农民起义军。

他们头上都包着黄色巾帕，所以被称为"黄巾军"。

黄巾军很快就浩浩荡荡地打到了幽州。幽州太守刘焉自知抵挡不住，连忙写下招募兵马的榜文。这榜文传到涿郡，引来了一位好汉的叹息。

这位好汉长得仪表堂堂，白生生的脸上略有些胡须，身材虽然称不上高大伟岸，却也孔武有力。最引人注目的，是他一双大得惊人的耳朵，耳垂能碰到肩膀；他还有一双长胳膊，两只手耷拉下来，超过了膝盖。这种相貌天生奇特的，一般都不是普通人。

果然，他并不是普通的老百姓。他姓刘，名备，字玄德，是西汉景帝之子中山靖王刘胜的后人，也算是汉灵帝的远房本家呢。

只可惜，刘备出生在没落的皇族分支，父亲早亡，他从小就和母亲相依为命，靠织草席、卖草鞋等养家糊口。这次要不是挑着担子来赶集，他还看不到招兵买马的榜文呢。

刘备看到榜文上写着，只要能够杀贼立功，就能够破格获得官职。他不禁心思一动，紧接着又长叹一声。

他从小志向远大，和小伙伴在家乡的大桑树下玩游戏的时候，曾盯着枝繁叶茂、宛如华盖的树冠，大声说："将来我也要坐有这么大伞盖的车子！"

小伙伴们听了哄堂大笑，说："只有皇帝才能坐这么大伞盖的车子，你简直是痴心妄想！"家里的大人们听到这话，都觉得刘备与众不同，不禁对他刮目相看，时常资助他。

刘备不怎么爱读书，却性格宽和，寡言少语，喜怒不形于色，他心中有大志向，喜欢结交天下豪杰。

可如今刘备已经二十八岁了，依旧无所作为。想到这里，他情不自禁地又发出一声喟叹。

刘备的叹息声还未落，身后突然传来一声暴喝："男子汉大丈夫，不知道为国出力破贼，叹什么气？"

刘备转身一看，只见一名身材魁梧的黑脸大汉犹如一座黑铁塔一般站在人群中，正睁着一双大眼睛，怒瞪着自己。

刘备赶忙拱手问道："敢问这位好汉尊姓大名？"

"俺叫张飞，字翼德，就住在涿郡。家里有几亩薄田，靠酿酒、杀猪过活。刚才听到你哀叹，所以才想问问你究竟是什么意思。"那黑脸汉子随意一拱手，答道。

刘备接着问道："莫非兄台想投军杀贼？"

张飞大声说："我正有此意。"

刘备连忙躬身施礼，十分谦逊地说："不瞒你说，在下是汉室皇帝的宗亲，姓刘，名备，字玄德，我也是有心杀贼，只可惜……唉！"

张飞听了大手一拍，说："这是好事啊！为何要哀叹呢？我家中颇有资产，咱们一起去投军，在战场上闯出一番事业，不好吗？"

刘备大喜，点点头表示同意。张飞立刻抓住他的手，说："此地不是说话的地方，咱们找个僻静的地方详细谈一谈！"

两人一同来到附近的一家小酒馆中，一边喝酒一边高谈阔论，越说越投机，真是相见恨晚。

喝到正酣时，忽然有一个身材高大的红脸汉子，推着一辆车停在店门口，一边大喊着一边走进门来。

"酒家，快给我倒酒，我喝了好去投军！"

刘备见这汉子紫红的脸膛上一对卧蚕眉斜插入鬓，一双丹凤眼烁烁放光，黑黢黢的胡须飘洒在胸前，看上去风流倜傥、威风凛凛，当下就认定了他也是个英雄人物，上前邀请他一起坐下喝酒。

"我姓关，名羽，字云长，是河东解良人。"

张飞问："那你是怎么到涿郡来的？"

关羽捋着胡子说："在我家乡有个豪绅，整日里欺男霸女，我看不惯，一怒之下把

他杀了，从此被通缉。我流浪江湖至今，已经有五六年了。"

刘备赞道："兄台，你可是为民除害的大英雄啊！"

关羽微微脸红，接着说道："可惜我虽有一身武艺，却杀不尽天下害民的恶贼。这回朝廷招兵，我正要上战场去拼出一个功名，也不枉费来人世一回。"

三个人越聊越投机，于是手拉手走出小酒馆，来到张飞的家里，摆上宴席，继续开怀畅饮起来。

关羽得知刘备是皇室宗亲，虽然人在小小的楼桑村，却心怀天下，又听他讲了保国安民的伟大志向，也佩服得五体投地，于是朗声说道："两位兄弟，不如咱们一起做一番大事业，如何？"

张飞一拳擂在桌上，震得酒碗"叮呤咣啷"乱响，他开口说道："太好了，我也正有此意！"

刘备一把握住关羽的手，又握住张飞的手，激动得满眼泪花，哽咽着说："我一个乡野匹夫，能够遇到你们两位，真……真乃……三生有幸！"

张飞大声说:"我们三人既然如此投缘,干脆结拜为兄弟吧!"

"好!"

"好!"

三双手,用力地握在了一起。

张飞家的后面有一片桃园,此时正值春光大盛的时节,桃园中桃花盛开。张飞让家仆在桃园中设下一张香案,摆上供品,又焚上香烛。

香烟袅袅升起,刘备、关羽和张飞三人在案前缓缓跪下,面对苍天起誓:

"皇天在上,刘备、关羽、张飞,今日结为异姓兄弟,愿上报朝廷,下安黎民。不求同年同月同日生,但求同年同月同日死!"

祭拜完,他们三个按照年龄排了一下长幼次序。刘备年龄最长,是大哥;关羽次之,是老二;张飞最小,是三弟。

结拜完,三个人又在桃树下饮酒庆祝,商量投军的事。

张飞拿出家里的积蓄,从乡邻中招募了三百余名勇士,买了盔甲、军器。

之后,他们又得了两位中山大商人的资助,获得了马匹、金银和大量镔铁,人数也扩充到了五百余人。

刘备还请来工匠为兄弟三人打造趁手的兵器。刘备打造了双股剑;关羽打造了一把重达八十二斤的大刀,取名青龙偃月刀,外号"冷艳锯";张飞打造了一柄丈八点钢矛,又叫"丈八蛇矛"。

就这样,一支承载着大义与梦想的队伍建立起来。在刘备的带领下,他们来到幽州太守刘焉的面前,正式加入讨伐黄巾军的队伍。

自此,一个属于刘、关、张的英雄时代缓缓拉开了序幕。

趣味链接

常侍：从『工具人』到权力中心

本回中提到了常侍，咱们就来说说这个特殊的群体。

"常侍"顾名思义，就是经常陪侍在皇帝左右，负责照顾皇帝及后宫生活起居的近臣。西汉时，常侍并不全由宦官担任，比如著名的文学家东方朔就当过这个官。

到了东汉中后期，皇帝继位时的年龄都很小，所以朝政大权往往落入外戚手中。什么是外戚呢？简而言之，就是皇帝母亲和后妃的亲族势力。小皇帝长大后，不甘心受制于人，想把权力收回来，但外戚自然是不愿主动交权的，朝中的大臣们又畏惧他们，不敢掺和。皇帝只能在皇宫内部悄悄培植党羽。身边的常侍就是首选人员。

常侍在帮助皇帝打压外戚的过程中，逐渐获得了权力，地位越来越高，势力越来越大，以至于朝廷中的大臣们都要看他们的脸色行事。汉灵帝时的十常侍，就是这样的"权宦"。

黄巾起义搅动风云

——兄弟联手大破黄巾军

话说刘、关、张三兄弟投奔刘焉后不久，黄巾军将领程远志就率兵打到了涿郡。

这下刘备可坐不住了，涿郡那可是他的老家呀！他立刻向幽州太守刘焉请战，刘焉正愁无兵可派呢，于是顺水推舟，派刘备去解围。

刘备此去有多少胜算呢？给你列一个对阵双方力量对比，你自己体会一下：

程远志统率五万大军；而刘备呢，只有砸锅卖铁凑起来的五百余人。

五百对阵五万，平均一个人就要应对敌方一百个人，对方一人一口唾沫，都能"水淹"刘备军团。

在旁人看来，刘备这是耗子钻猫窝——送死。但刘备豪气万丈、胸有成竹，他对兄弟们说："这是咱们的第一场战斗，也将是第一场胜利，我们一定要赢，而且要赢得漂亮！"

当"五百雄师"和五万黄巾军相遇时，刘备望着黑压压的敌军，不但不怕，反而心中窃喜。这场仗好打呀！对方虽然人多势众，但兵马混淆，旗帜散乱，一看就是乌合之众。领军领成这个样子，主帅必然是个有勇无谋的匹夫，所以刘备当即决定智取，采取心理战术——激怒程远志，与他单挑。

只见刘备拿出汉室宗亲的范儿，傲慢地用马鞭遥遥指着程远志，张口就开骂起来，话语里有三分不屑、七分大义凛然："你这逆贼，居然敢反叛朝廷，我劝你早些投降，以免受苦！"

程远志一路上就没遇到过什么正经的抵抗，一看见刘备人这么少，口气却这么大，不禁怒火中烧。他立马派遣副将邓茂出战，而此时刘备身边的张飞早已按捺不住，高举起丈八蛇矛就冲出来迎战。可怜这邓茂都没看清楚来将的样貌，就被一矛刺中胸口，翻身倒下马来。

程远志见开局就折了一员大将，怒气值瞬间达到峰顶，也不顾自己的主帅身份，头脑一热，直接挥刀冲向张飞，一边冲一边大喊："黑脸汉子，拿命来！我要给我兄弟报仇雪恨！"

可惜，挡住他去路的不是黑脸汉子，而是红脸汉子关羽。只见他威风凛凛地跃马飞来，凤眼半睁，如瀑布般的长髯在风中飞扬，青龙偃月刀闪着寒光，人马合一，瞬间而至，只一刀就把程远志砍于马下。

"你关二爷的命在此，可惜你拿不走！"

黄巾军原本就是一群吃不饱的穷苦农民聚集而成，根本没有军事素养，主帅一死，群龙无首，队伍立刻乱作一团，五万大军逃的逃，降的降，瞬间化为乌有。

就这样，刘备打赢了自己领军生涯的第一仗，乱世英雄的"小试牛刀"获得了圆满成功。

胜利鼓舞人心，特别是以少胜多的大胜，让刘备三兄弟和众将士看到了光明的未来。这要是一仗仗地打下去，何愁不能建功立业？

很快，建功立业的机会又来了，青州陷入黄巾军包围之中，幽州太守刘焉派刘备前去救援，这次调给了他五千人马。但是，这点儿兵力和围困青州城的黄巾军比起来，依旧是小巫见大巫。

刘备思索良久，才说道："还是得智取啊！"

张飞大声答道："兄长，我们一切听你的安排！"

关羽也点头称是。

于是，刘备就在中军帐中排兵布阵，他让二弟关羽和三弟张飞分别率一千军兵埋伏在山脚，自己带着剩余的兵马前去引诱黄巾军。等他们一入包围圈，关、张二人就从两侧一起杀出来，三路夹击，谅他们插翅也难飞。

刘备的计划果然奏效。黄巾军照着"剧本"，一步步钻入包围圈，再次上演了大溃败的剧情。青州的困局，就这样被刘备破解了。

紧接着，刘备扮演起"救火队长"的角色：哪里有黄巾军，他就去哪里剿灭；哪座城池有危险，他就赶去解围。

当听闻昔日的恩师卢植正与黄巾军首领张角在广宗对峙时，刘备立刻率军赶去相助。

但卢植却对他说："玄德，现在更要紧的是颍川，领军的是张角的两个兄弟张梁、张宝。我担心颍川守不住，你先去那里帮忙吧！"

刘备听从了卢植的建议，赶去颍川支援。谁知他的人马还没有到颍川，另一个乱世英雄已经横空出世，解了颍川之困。

他就是曹操。

说起曹操，这可真是个让人一言难尽的人物。他出身官宦之家，父亲曹嵩原本姓夏侯，后来因为攀上了中常侍曹腾，给人家当了养子，改姓曹，他自然也跟着姓曹。

曹操的小名叫阿瞒，从小就狡诈顽劣、散漫任性，吃喝玩乐更是无所不通，是个标准的"纨绔子弟"。但他心机深沉、擅长谋略，总能让世人发现不了他的真面目。

当草根刘备还在大桑树下踌躇满志地绘制梦想蓝图时，年轻的曹操早已凭借家族背景，经营出了一些名声。

当时的武将桥玄、名士何颙都十分欣赏曹操，预言说天将大乱，安定天下的希望就系在这个年轻人的身上；当时还有一个叫许劭的名士，经常喜欢点评他人，且小有名气，他评价曹操是"治世之能臣，乱世之奸雄"，这可把曹操给美坏了。他看中的是"奸雄"中的"雄"字，代表着文治武功超乎常人，至于"奸"不"奸"的，曹操一点也不在乎。

二十岁时，曹操通过举孝廉正式做了官，担任都城洛阳北部尉，也就是负责洛阳城北部治安秩序的武官。那时的曹操年轻气盛，是个热血青年。刚上任就在北部尉衙门的四个大门前设下十余条五色棒，并申明：如有犯禁者，不管是权贵还是普通人，皆要受罚。

当时的中常侍蹇硕权势滔天，他的叔叔违反宵禁制度，却没人敢管。曹操知道后，立刻派人将其抓起来，以五色棒痛揍一顿，从此一举成名。

黄巾军起义爆发后，曹操升任骑都尉，奉命率领五千兵马去救颍川。刚入颍川，就正好遇到了与颍川守军斗得两败俱伤的张梁和张宝。曹操一心想立军功，遇到强弩之末的黄巾军，就好比恶虎撞上了肥羊，他的心里真是乐开了花。

曹操一刻也不想耽误，立马率领手下兵马大杀四方，把张梁、张宝打得屁滚尿流，溃不成军。大胜之后的曹操军心大振，继续追赶黄巾败军。

等刘备赶到颍川时，战斗早已结束，曹操和黄巾军他都没见到。望着大战过后的废墟，刘备一时间心里空荡荡的，说不出的惆怅。

等他见到颍川守将皇甫嵩和朱儁时，转述了卢植的相助之意。皇甫嵩先是谢过卢植与刘备的相助之情，而后又急切地说道："玄德，张梁和张宝此次战败，肯定是要去广宗投靠张角的，你还是赶快去广宗相助吧！"

刘备听了，立刻引兵踏上回程。走在路上，他的心一直被微微的沮丧和失落包围着。突然，前方传来"嘎吱嘎吱"的响声，一辆囚车摇摇晃晃地从路的尽头驶来，骑马押送囚车的一队人，一边催促赶路，一边对着囚车里的人叫骂不止。

"喂，闪开些！"领头的人看到刘备一行人挡住了去路，用马鞭指着刘备大声呵斥。

刘备见他们身穿官服，不准备和他们起冲突，就示意手下的士兵把官道让开。他们一边让路，一边好奇地向囚车望去，囚车里坐着一个衣衫褴褛、乱发遮面的人。这人兴许是听到了动静，突然抬起头来，正好撞上了刘备疑惑不解的眼睛。

刘备一下子就认出了这人，立刻从马上翻身下来，惊喊道："恩师！怎么是您？"

囚车中的人正是卢植。

卢植仰天长叹一声，说："唉，玄德，朝廷派来的小黄门向我索贿不成，便向皇上进言，说未能及时攻破黄巾军，是因为我督战不力。现在朝廷派了董卓来取代我，还要押我回京问罪……我冤枉！实实在在冤枉啊！"

卢植说着，一滴浑浊的泪珠从红肿的眼眶淌下。

"废话少说，别耽误我们赶路！"领头的押解官粗蛮地喊道。

张飞在一旁气得面红耳赤，举起丈八蛇矛，指着押解官痛骂起来："你是什么猪狗？敢在我面前吆三喝四，你的脑袋是不是想搬家了？"

刘备急忙扯住了恼怒的张飞，说："三弟，不可鲁莽！"

"哥哥，你且等我片刻，待我杀了这家伙，把卢将军救出来！"

刘备连忙低声喝道："翼德，你怎么能这么放肆？此事朝廷自有公论，还是交给朝廷处理吧。恩师清清白白，我相信他的冤情一定会得到昭雪！"卢植也连忙摇头制止张飞。

张飞气得大骂："这世道，还有好人的活路吗？"

然而并没有人能够回答他的这个问题。

卢植冲刘备点了点头，示意就此别过，而后长叹一口气，默默把目光转向前方，任由"嘎吱嘎吱"的囚车带着自己继续前行。

趣味链接

东汉末年,晚上出门可能要掉脑袋

在本回中提到曹操的往事时说到,中常侍蹇硕的叔叔因为违反宵禁制度而被曹操痛责。那么,大家知不知道,"宵禁"制度是怎么一回事呢?

其实,宵禁就是禁止晚上出门。

在我国古代,老百姓过的都是"日出而作,日落而息"的"不插电"生活,晚间也没有什么娱乐活动。有人认为,昼为阳,夜为阴,阳动而阴静,所以天黑以后人们就应该好好待在家里面,只有不法之徒才会到外面乱跑。后来,为了减少作奸犯科之事发生,政府就将宵禁作为一种管理手段,规定:除了打更人和负责巡街的官兵,谁宵禁时跑到大街上行动就算犯法。

秦汉时期的宵禁制度尤为严厉,触犯宵禁者有时甚至会被处死。

猛张飞鞭打督邮

——张三爷，不好惹

卢植被押解进京，广宗的守将也换了人，刘备三人跟他没交情，自然就不打算去广宗了。可是，接下来要去哪里呢？刘备思索了良久，决定听从关羽的建议，带领军队回涿郡休整。

走了没两日，忽然就听到前方传来一阵震耳欲聋的喊杀声。三兄弟策马冲上前方一处地势较高的山坡，举目四望，只见山背后乌压压的全是兵马，正战得难解难分。其中，头戴黄巾的一方旌旗招展，上面分明写着斗大的字——"天公将军"；而另一方则是汉家的官兵，目前已经处于下风，就连帅字旗下的将领也被黄巾军重重包围起来。

刘备浑身的血液仿佛瞬间就被点燃了，声音有些颤抖地大喊起来："是张角！兄弟们，冲啊！"

话音刚落，他就抽出武器，带头打马冲了下去。关羽、张飞和众兄弟也不敢怠慢，一边怒吼着一边跟在刘备身后冲锋。他们就像是搅活了一池死水的"鲇鱼"一样，搅得黄巾军的队伍四分五裂、溃不成形，被围困的汉家将士也因此得救了。

这位被围的汉军将领名叫董卓，正是朝廷派来接替卢植职位的。

董卓这个人生性傲慢，见刘备只有几百人，并未放在心上，非但不感激三人的救命之恩，还十分傲慢、敷衍地对刘备发问："你叫什么名字？"

刘备躬身施礼回答道："启禀董将军，在下姓刘，名备。"

董卓又问："现在是什么官职？"

刘备再答："现在还没有官职。"

"没有官职？"董卓听罢一笑，毫不掩饰轻蔑之意，起身离去了。

刘备面色略略发白，强忍着怒火一言不发。一旁的张飞可不像刘备修养这么好，见大哥被羞辱，气得怒目圆睁，直接破口大骂道："这个姓董的好没良心！我们拼死救了他性命，他却这样轻视我们！早知道还不如不救他！"

刘备拍了拍张飞的肩膀，劝慰说："三弟，莫要胡说，他毕竟是朝廷命官，也算是咱们的顶头上司。"

这时，一旁的关羽捋着长须说道："大哥说得是，不过三弟说得也没错。在这等势利小人麾下，能有什么前途。如果要日日受这等闲气，还不如去投别人！"

刘备沉吟半晌，点头同意了。

于是，三人领着队伍连夜去投靠正在与张宝大军鏖战的中郎将朱儁。

朱儁本来就占了上风，得到刘备三兄弟的相助，更是如虎添翼，很快就打败了张宝，将他围困在阳城。

不久，张角病死，张梁被皇甫嵩斩杀于曲阳。而后，阳城之内也发生了内斗，张宝被部下杀死。其部下献首投降，其余的人也跟着出城投降。黄巾叛军基本被平定，刘备又受命肃清黄巾余党，立下了赫赫功勋。

朱儁上表为麾下众将士请功，很快便传出了风声，说朝廷要论功封赏。刘备心中喜悦，认为自己的出头之日终于到了。

可是，一天天过去了，朝廷的奖赏却迟迟未到，刘备听到的都是别人的好消息：因平定黄巾军有功，曹操被封为济南相；孙坚被封为别郡司马；就连作战失利的董卓，都

因为巴结朝中权贵得到了升迁……

刘备的部将们都议论纷纷，难道朝廷榜文里"立下战功就封官加爵"的说辞不算数了？

张飞更是气得破口大骂："什么狗屁朝廷，是非不分，糊涂透顶。董卓那等只会打败仗的脓包都得了厚赏；我们兄弟出生入死，却遭受冷落……"

多亏了朝中还有个郎中张钧，是个正直热血的人。他听说了刘备的遭遇后十分气愤，跑到皇帝面前为刘备仗义执言，还指责十常侍欺上瞒下，依据收受贿赂的多少为将领们谎报军功。

汉灵帝都能纵容着十常侍卖官鬻爵，可见本身就是一个昏庸的君主。他听了张钧的话，非但没有严惩十常侍，反而信了十常侍的话，以为是张钧欺主，把张钧赶出了朝廷。但这事已经引发了朝臣们的争议，十常侍为了平息朝中舆论，就安排刘备做了个很小的官——安喜县县尉。

刘备接到任命后，便遣散了之前招募的军士们，只留下二十名随从，带着关羽和张飞走马上任去了。官职虽然小，刘备却并不懈怠，他本着一颗仁义、勤勉之心，接连做了好几件造福民众的事，短短几个月，就深受百姓的爱戴。

然而，没多久朝廷便降下诏书，说是要淘汰一批因军功而得到官职的人，这让刘备很是担心。

这天，代表太守巡察的督邮到了安喜县，刘备和众人出城恭迎。没想到这个督邮十分无礼，刘备上前问候，他高坐马上一声不吭，只伸出肥胖的手略略抬了抬马鞭，就算是回应了。这让关羽和张飞都气愤不已。等到了馆驿，督邮端坐在高位上，缓缓地吞咽着热茶，操着黏腻而油滑的官腔问询道："刘县尉，你是什么出身哪？"

刘备朗声回答："属下乃是汉室宗亲，中山靖王之后，因为平叛黄巾军有功而授了官职。"

"大胆的贼子！"督邮突然暴喝出声，"你谎报军功，朝廷还未追究，现在又假冒皇亲，真是罪该万死！"

刘备被喝得不知所措，慌忙间无从辩解，也不知道自己哪里做错了，只好讪讪地退下。同僚见他如此不通世故，就提醒道："督邮这么说，是嫌您没有献礼呢。他是出了名的见钱眼开，您还是花钱买个平安吧！"

刘备摇摇头说："自从我来到安喜县，没有动过百姓的一草一木，哪里有钱给他？"

"就是有钱，也不能给这种家伙！"张飞怒道。

关羽轻叹一声："只怕得罪了小人，后患无穷。"

关羽预料得没错，第二天，督邮果然开始编造起刘备鱼肉百姓的罪名，还命令县里的小官吏们都出来作伪证。一时之间，刘备心急如焚，几次三番去求见督邮想要辩驳，都被挡了回来。

安喜县的父老乡亲知晓了此事，感念刘备治理之恩德，纷纷跑到馆驿外面替刘备求情。然而，他们非但没有被放入馆驿，反而遭到了看门人的驱赶棒喝。

这一幕恰好落在张飞的眼中，他刚喝完几杯闷酒，耳朵里听着老百姓的哭诉，不由得怒发冲冠，一口钢牙咬得"咯吱咯吱"作响。

张飞跳下马来，大步流星地闯入馆驿。几个把守的军兵本想阻拦，但哪里拦得住黑杀神似的张飞。一个个的不是被吓得瘫软在地，就是连滚带爬地跑到内堂去报信。他们前脚刚到，还没来得及禀告，张飞后脚就踏进了门槛。

督邮正大剌剌地坐在堂上，威逼绑来的县吏们诬告刘备。猛听得张飞一声怒喝，抬眼一看便吓得直往堂后躲。张飞一个箭步冲上去，伸出蒲扇般的大手，一把扯住他的头发拖出馆驿。

"狗官，今天我就让你知道你张爷爷的厉害！"张飞一边痛骂，一边把督邮捆在馆驿外面的拴马桩上，然后折下旁边柳树上的枝条当作鞭子，对着督邮用力鞭打起来。

督邮痛得鬼哭狼嚎，连声哀求："爷爷饶命，我再也不敢啦……哎哟！求张爷爷饶了我这次吧……"

张飞一口气抽打了几十鞭，直把督邮打得双腿血肉模糊，哀号声也渐渐小了。围观的老百姓则欢呼雀跃："打得好！""打得好！""真英雄！"

"三弟，住手！"张飞还准备继续打时，刘备和关羽赶了过来，连忙拉住张飞。

"这样的狗官，不打死，还留着他过年吗？"

督邮涕泪交流，哭号道："饶命、饶命……玄德公，救救我！"

刘备心性仁慈，最见不得这种场面，迟疑了片刻。关羽连忙上前劝止，说道："兄长，你立下了那么多军功却只得了县尉一职，还反被督邮侮辱。我认为，长满荆棘的灌木丛，绝不是凤凰应该栖息的地方。如今三弟打也打了，不如杀了他，咱们弃了这官职再图大计！"

张飞连声附和道："对，对，杀了他！"

督邮听罢，浑身筛糠一般不住地颤抖，磕磕巴巴地，连句求饶的话都说不出来了。

刘备沉思良久，长叹一声，旋即拉着两位兄弟大笑着说："我等怀才不遇，报国无门，根源不在这等小人身上，何必与他一般见识！"

接着，他拿出县尉官印挂在督邮的脖子上，说："你鱼肉百姓，今天本该为民除害，但我还是决定饶你不死。这方印我刘备还给你，等他日我功成名就，也让你们这些宵小之辈看看，什么叫作真英雄！"

说罢，刘备感到一身轻松，带着兄弟们头也不回地走了。

督邮死里逃生，立刻上报定州太守，发下海捕文书，捉拿刘备等人。刘备三兄弟自然不会乖乖束手就擒，他们来到代州太守刘恢的地盘上寻求庇护，韬光养晦，积蓄翻身的力量。

趣味链接：刘备究竟当了多小的官

看完这一回，大家是不是感觉自己的拳头都硬了？刘备究竟被封了多么小的一个官，才会让一个督邮这么欺负他？

看完下面的东汉时期官员结构你就会明白，刘备真的是处于整个东汉行政系统的"神经末梢"了。

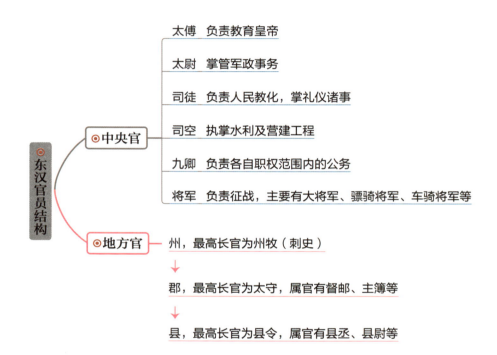

东汉官员结构

- 中央官
  - 太傅　负责教育皇帝
  - 太尉　掌管军政事务
  - 司徒　负责人民教化，掌礼仪诸事
  - 司空　执掌水利及营建工程
  - 九卿　负责各自职权范围内的公务
  - 将军　负责征战，主要有大将军、骠骑将军、车骑将军等

- 地方官
  - 州，最高长官为州牧（刺史）
  - 郡，最高长官为太守，属官有督邮、主簿等
  - 县，最高长官为县令，属官有县丞、县尉等

曹孟德献刀刺董卓

——孤勇者曹操

中平六年（公元189年），汉灵帝病逝，将幼子刘协托付给亲信宦官蹇硕。

蹇硕和汉灵帝的母亲董太后想抢先一步立刘协为帝，就密谋准备除掉在朝中很有权势的大将军何进——他是汉灵帝长子刘辩的舅舅，曾极力劝说汉灵帝立长子刘辩为太子。

结果董太后和蹇硕密谋的事情泄露，何进领兵入宫杀死了蹇硕，拥立刘辩为新帝，是为汉少帝。

何进的部属袁绍等人劝他斩草除根，将十常侍中的其他人也全都杀掉。何进正犹豫不决时，反被十常侍先动了手，被诳骗入宫杀死了。

袁绍等人见宦官杀了朝廷重臣，也顾不得法令和规矩了，直接领兵冲入宫中，将宦官杀了个一干二净。

都城杀来杀去，乱作一团，而真正的乱世魔王董卓已经带着大军在来都城的路上了。

董卓在镇压黄巾军时，见朝廷腐朽不堪，便生出了不臣之心。当他听说都城内乱作一团时，立刻带兵入京勤王。

到了都城洛阳后，董卓一举夺取朝廷大权，废了刘辩的帝位，改立刘协为帝，又自封相国，只手遮天。

董卓生性残暴，朝中的大臣们有胆敢违逆他心意的，立刻便会遭到诛戮。他的士兵烧杀抢掠，残害百姓，满朝文武也都敢怒而不敢言。

朝中的司徒王允见状心中忧虑。这天，他接到了在渤海练兵的袁绍传书，声称自己愿意配合王允行动，铲除弄权的董卓。

王允便假称自己要做寿，将文武百官都请到家里。

宴席上，百官正要给王允祝寿，王允突然捂着脸失声痛哭起来。众人一惊，连忙询问缘故。王允止住泪水低声说道："今天并非老朽生日，请大家前来是想商讨国事。如今董卓作乱，无人能制，大汉朝四百年江山就要毁在我们眼前了……我与诸位受国重恩，不能挽救危亡，将来死后有何面目去见先帝啊……"

说完，他又忍不住痛哭起来，文武百官也心头酸楚，泪如雨下，一时之间整个大厅里哭声一片。

"哈哈哈哈！真可笑！"忽然，有人拍着手掌大笑不止，惹得众人纷纷侧目。

王允一看，大笑的原来是曹操。此人不久前才被征入朝中，担任骁骑校尉一职。

王允不由得怒道："曹孟德，你也吃着朝廷的俸禄，不知道谋划出力也就罢了，为什么还要大笑？"

曹操说："我笑你们这些人就知道哭，难道能把董卓哭死吗？"

王允听他话中有话，忙问："你有什么主意？"

曹操说："我虽不才，愿意立刻去砍下董卓的脑袋，挂在城门上！"

众人一片哗然。

"吹什么牛？"

"这厮定是喝醉了，胡说大话！"

"即便你有心杀贼，能敌得过董卓身边的吕布吗？"

…………

曹操听着众人的议论，也不反驳，脸上不屑的神色更重了。

王允见状，很是敬佩，拉住曹操的手诚恳地问："孟德，我知道你不是戏言，你准备怎么做？"

曹操一笑，说："禀告司徒大人，这些日子我假装奉承董卓，已在他身边窥探许久，如今已深得他的信任，只要一有机会就能下手！"

王允抬起袖子擦擦眼泪，喜道："英雄，真英雄！孟德既然有心，不知道我能帮你做些什么？"

"听说司徒大人家里藏有一把七宝刀，能不能借给我去杀奸贼？"

王允立刻命人取来七宝刀，双手递给曹操。

曹操接过刀来，只见刀鞘修长精美，镶嵌着七种宝石，烁烁放光。他轻轻抽出白刃，只见寒光闪闪，吹毛断发。曹操忍不住赞了一声，说："就让我用这把宝刀除去国贼，虽死无憾！"

第二天，曹操就带着七宝刀来见董卓。他恭恭敬敬地行礼，斜眼向董卓偷瞧去，只见董卓穿着家常衣裳大刺刺地坐着，身边站着他的义子吕布。

曹操不由得一阵心悸，暗叫："不好！有这家伙在，我恐怕难以成事啊！"

董卓笑着问："孟德啊，今天怎么来晚了？"

曹操忽然心生一计，答道："禀告相国，属下今日出门很早，只可惜我的马老了，脚力不足，走得慢了。"

"哈哈哈！中原的马果然不行，不如我西凉的宝马！"董卓大笑几声，又说，"我进京时带来了几匹好马，送给你一匹吧！"

曹操假装推辞，说："不！不！相国的宝马价值连城，我怎么敢收？再说，属下见识浅薄，也没见过宝马良驹，别辱没了您的心意。"

"这好办。奉先识马，你去帮孟德挑一匹上好的马来吧！"董卓转过头对吕布说。

吕布领命出了门。

曹操心头窃喜，想要动手，又担心董卓的力气大，不能一击致命。正犹豫间，又听董卓说："老夫疲乏，小憩片刻，孟德可耐心等待。"原来是董卓太胖，耐不住久坐。

曹操连忙说："相国请自便。"

董卓打了个哈欠，于是侧躺在一旁的卧榻上，将整个背部露给了曹操。

"真是天助我也！"曹操按捺住狂跳的心，偷偷拔出七宝刀，轻手轻脚地靠近董卓。就在他准备下手时，董卓却忽然翻身坐起，厉声呵斥道："孟德，你想干什么？"

曹操大惊，这才发现卧榻内挂着一面镜子，自己拔刀的动作都被董卓在镜子里看到了。与此同时，门外响起了吕布的声音。曹操吓出了一身冷汗，生死攸关之际，他急中生智，"扑通"一声跪倒在地，说："相国，属下近日新得了一把宝刀，想进献给您。刚才见您神色疲倦，正犹豫该不该献刀……"

董卓单手接过宝刀,见果然是一把好兵刃,便笑着放在一旁,转而对刚进门来的吕布说:"奉先,将马牵来了?咱们和孟德一起看看去。"

曹操跟在董卓、吕布身后来到院内,只见一匹高大、俊美的西凉宝马昂首而立,说不出的威风气派。

曹操假装很感兴趣地围着马走了一圈,上下打量,目光中满是喜悦之色,他对董卓说:"相国,院内窄小,属下能不能到外面去试试马?"

董卓捋着胡子欣然点头,示意牵马的小校把西凉宝马和马鞭一起交到曹操手里。曹操不敢耽搁,牵着马大步流星地出了门,翻身跃上马背,一鞭抽中马屁股,马儿嘶鸣着绝尘而去。

吕布望着曹操匆忙离开的背影,皱着眉对董卓说:"这曹操,刚才神色慌慌张张,是不是想行刺您?我似乎看到他拔刀了。"

董卓经他这么一提醒,也开始疑心了!他连忙派人去寓所找曹操,可哪里还有曹操的影子?他又派人在城内寻找曹操。

不一会儿,就听见守城的将士来报,说骁骑校尉曹操之前声称奉相国的命令出城办事,早已策马出城朝东边去了。

"难得我这么信任他,这厮居然要谋害我!"董卓气得哇哇大叫,立刻下令绘影图形,遍行文书,缉捕曹操。

曹操出城后,一路奔着谯郡方向去。但当他途经中牟县时,一个不慎就被当地官兵捉住了。所幸县令陈宫也是一个忠义之士,听闻曹操是因为刺杀董卓才被通缉,大为敬佩,不仅亲自为曹操松绑,还打算舍弃官职与他一起逃亡。

他们乔装打扮后,一起踏上了逃亡之旅。三天后,他们跑到了成皋的一个村子旁,曹操停下来对陈宫说:"这儿的乡绅吕伯奢是我父亲的好友,我们可以到他家中歇脚,顺便探听一下消息。"

吕伯奢见到故人之子，非常热情，让家人做饭招待，自己则骑着驴子去打酒。

曹操正在内院中坐着，忽然听到后院传来磨刀的声音，连忙起身凑过去探听，就隐隐约约地听见有人说："等会儿……捆起来……杀掉！"

曹操大吃一惊，急忙抽出宝剑，招呼陈宫说："他们这是要杀我们，不如先下手为强！"

两人冲出屋子见人就杀，转瞬间院子里的人都躺在了血泊中。害怕有漏网之鱼，他们还在各屋里搜寻，却发现厨房里正捆着一头肥猪，两人顿时心头一凉，原来吕家人要杀的是猪！

陈宫仰天长叹，说："孟德，我们杀错了好人……"

曹操却说："眼下大错已经铸成，我们还是赶快逃走吧。"

说罢，曹操连忙招呼陈宫一起骑马逃走。不承想，半路上却遇到了打酒归来的吕伯奢。

吕伯奢纳闷地问："贤侄，为何要走？我已经吩咐家人杀猪做饭，不如吃饱后再赶路……"

陈宫正不知如何应对，忽听曹操大喊一声："来人是谁？"

吕伯奢扭头去看，却被曹操举起长剑，一剑刺死。

陈宫阻止不及，怒问曹操："刚才是误杀，现在却是为何？"

曹操不动声色地擦擦剑，说："放他回去，他一定会带人来寻仇，不如一了百了。"

陈宫气得浑身颤抖，说："没想到你是这样不仁不义之人！"

曹操却冷冷地回答说："宁教我负天下人，休教天下人负我！"

陈宫气得说不出话来了。

当天晚上，曹操酣然入睡，陈宫却辗转反侧，难以入眠，他心想："道不同，不相为谋。我还是离开他去别的地方吧。"于是，独自起身，策马离去。

《三国演义》兵器排行榜

序号	武器名称	主人	名场面
10	七宝刀	王允	曹操借刀刺董卓
9	三尖两刃刀	纪灵	纪灵对阵关云长
8	铁蒺藜骨朵	沙摩柯	沙摩柯飞矢杀甘宁
7	丈八蛇矛	张飞	长坂桥喝退曹兵
6	大双戟	典韦	典韦单骑救曹操
5	虎头湛金枪	马超	葭萌关大战张飞
4	青龙偃月刀	关羽	温酒斩华雄
3	龙胆亮银枪	赵云	七进七出长坂坡
2	方天画戟	吕布	辕门射戟
1	诸葛连弩	姜维	铁笼山围困司马昭

关云长温酒斩华雄

——我有酒,你有脑袋吗

曹操一觉醒来,发现陈宫已离他而去,不由得冷笑一声,说:"世人不识我曹孟德,也罢!也罢!"

于是,曹操丝毫不将陈宫的离去放在心上,昼夜兼程赶到父亲所在的陈留,散尽家财开始招兵买马。他先是网罗忠义之士和商贾富户,在身边聚集了几千人马,而后发布矫诏,打着天子的名义会盟诸侯、讨伐董卓。

当袁绍收到曹操的矫诏后,聚集了手下三万士兵,离开渤海前来与曹操会盟。孔融、孙坚、公孙瓒等一干诸侯,也纷纷响应,陆续率领兵马到达会盟地点。

不久,曹操、袁绍等十八路诸侯歃血为盟,结成"反董联军",实力最强的袁绍被推举为盟主,能征善战的长沙太守孙坚担任先锋。

孙坚勇猛刚烈,有"江东猛虎"之称,一得到任命,他立刻率领本部人马,直扑汜水关。守关的将士连忙派人去洛阳向相国董卓告急。

董卓自从独掌大权之后,每日饮酒作乐,好不痛快。听闻诸侯起兵讨伐自己,他大吃一惊,忙聚集众将士商议对策。

吕布挺身而出,要去出征迎战。董卓大喜,连忙夸赞说:"我有奉先,可以高枕无

忧了。"

话音还未落，又有一人出列高声傲慢地说："杀鸡焉用牛刀，不劳吕将军出马，待我去将什么十八路诸侯全都擒来，献予相国！"

董卓定睛看去，只见此人身长九尺、虎体狼腰、豹头猿臂，乃是关西人华雄，董卓大喜，立刻将华雄升为骁骑校尉，让他领兵救援汜水关。

却说，孙坚直奔汜水关的勇猛彪悍，让董卓心惊的同时，也吓到了袁绍的弟弟袁术。

袁术原本被安排负责联军的后勤保障工作，但他暗暗思忖："孙坚这么能打，万一他真的冲进洛阳城，杀了董卓，那就是他独占功劳，我们袁家可什么都捞不着！不行！风头不能全给他一个人……"于是，袁术开始暗中使坏，故意不给孙坚的军队发放粮草。

军队正与华雄鏖战，却断了粮草，军心大乱。华雄趁机偷袭得手，孙坚被打得大败。

袁绍听说孙坚被打败，连忙召集众将来大帐内议事，他愁眉不展地说："没想到，连孙坚都不是华雄的对手，接下来该怎么办呢？"

诸侯都不说话，正安静时，忽然听见有士兵来报，说华雄领兵来营前挑战，袁绍又问："有谁可以出战呢？"

诸侯一个个都沉默不语。

"呵！呵！呵！"军帐中忽然传出三声冷笑。

袁绍循声望去，只见公孙瓒背后站着三个人，容貌异常、气度不凡。袁绍不由得问道："公孙太守，你背后是什么人？"

公孙瓒说："这是我的好友，平原县令刘备和他的两个兄弟。"

曹操闻言，忙问："莫非是大破黄巾军的刘玄德吗？"

公孙瓒颔首称是，将刘备的功劳与出身都细说了一遍。

袁绍听闻刘备是汉室宗亲，便让人给他准备了一个座位，置于十八路诸侯之末。

这时，士兵又来报："不好了，华雄见我们没人应战，正在营外叫骂，还挑着孙太守被抢的头巾，说十八路诸侯全都是鼠辈……"

是可忍，孰不可忍！这次，不等袁绍号令，袁术部下的骁将俞涉就站了出来，说："让我去会一会这华雄！"

众人坐在帐中等候，只听得一阵擂鼓声响，不一会儿就有士兵疾跑来报："不好啦！俞将军出战华雄，不到三个回合，就被华雄斩于马下！"

华雄的勇猛令诸侯一阵心惊。冀州牧韩馥说："看来，只有我的上将潘凤能敌得住华雄了。"

潘凤是韩馥手下的头号猛将，使的一柄开山巨斧，有万夫不当之勇。听韩馥这么说，他便披甲提斧，前去迎战。没想到，又是一阵喧哗后，士兵惊恐来报："不好啦！潘将军也被华雄斩了！"

这下，诸侯们都不敢再说话了，帐中众人都是一脸面如死灰的样子，急得袁绍捶案叹息："要是我的上将颜良、文丑有一个在此，也轮不到华雄这么嚣张！"

"小小华雄，何足挂齿！待我去取他的首级来！"这话说得不紧不慢，信心十足。众人听了一惊，连忙向说话的人看去，只见从刘备身后走出来一个红脸、长须的汉子，他手握长刀，身如松柏，一双丹凤眼中冷光迸射，比帐外的寒风更让人心悸。

袁绍忙问："英雄何人？"

公孙瓒替关羽介绍说："这是刘备的义弟，姓关，名羽，字云长。"

袁绍上下打量了一番关羽，问："他现居什么职位？"

"没有职位，现充当刘备的马弓手。"公孙瓒答道。

旁边袁术听了冷哼一声，说："开什么玩笑？派一个马弓手出战，是想让华雄笑话我十八路诸侯没有大将可派了吗？"

袁术一边冷嘲热讽，一边呼喝小校将关羽轰出帐去，关羽依旧不动声色。

一边的曹操连忙伸手拦住袁术，劝阻道："袁将军，暂且息怒。这个人既然敢口出狂言，想必有些本事，何不让他试试呢？再者说，你看他长得仪表堂堂、威风凛凛，谁能知道他只是一个马弓手呢？你放心，辱没不了诸侯的名声。"

关羽见诸侯对自己多有轻视，并不放在心上，只是云淡风轻地说："关某出战，如若不能取胜，甘愿受军法处置！"

曹操看向关羽，越发觉得他气质谈吐如人中龙凤，举止有大将之风，一时之间起了爱才之心。他让人捧过来一杯热酒，亲自奉上，说："壮士，且喝杯热酒暖暖肚，打仗才好使力。"

关羽看了一眼曹操，漫不经心地说："将军且将酒放下，待我回来再喝也不迟！"

说罢，关羽提起青龙偃月刀，对着刘备、张飞点头示意，而后头也不回地离开了大帐。

片刻之后，汜水关外又鼓声大作，喊杀声如天崩地裂一般响起，紧接着锣声四起，马的嘶鸣、人的号叫都缠裹在一起，源源不断地送入帐中。

曹操有点儿忐忑，忍不住念叨出声："这是胜了，还是败了？"他不经意间望见刘备，只见刘备坐得稳稳当当、泰然自若，仿佛无事发生一般。

忽然，一阵清脆的銮铃响起，夹杂着渐行渐近的马蹄声，每一声都好像敲击在大帐内众人的心头。

正打算派人去探听情况，就看见大帐外一个人影走了进来——是关羽回来了。

华雄在生命的最后一刻也没看清楚，关羽的那把大刀是怎样划破长空，带着骇人的呼啸，贴上他的脖颈的。

"关将军，乃真英雄也！"曹操激动得手舞足蹈，一边说着话，一边端起方才斟满的那杯酒递给关羽，"这酒还是温热的，关将军快喝了吧！"

关羽微微一笑，卧蚕眉高扬，将华雄的脑袋随手一扔，接过曹操手里的酒杯，仰头一饮而尽，而后又默默无声地站到了刘备身后。

看着华雄的人头，诸侯们也不畏惧了，反倒有空闲可惜起这等大功居然被一个无名小卒取得了，一个个阴沉着脸不说话。大帐里的气氛仿佛一下子凝固了。

这时，只听见张飞大吼一声："嘿！我二哥已经斩杀了华雄，你们还愣着干什么？还不趁机杀入京都，活捉董卓？"

众人都被张飞这一声大喝震得说不出话，唯有袁术怒而大骂："你是哪里来的粗汉？我们这些将军尚且不敢说话，你一个县令手下的小卒怎么敢在这里大喊大叫？成什么体统？都给我滚出去！"

张飞怒瞪着袁术，正要上前跟他理论，就见曹操抢先一步挺身而出，对袁术说："立功者行赏，难道还要分什么身份高低、贵贱吗？"

袁术见曹操一次次为关羽、张飞二人说情，心头的怒火更盛，他环视四周，咬牙冷笑道："既然诸位要和这小小县令共谋大事，那我袁术就先行告辞了！"

曹操见事情闹到如此地步，只得先请公孙瓒带走刘、关、张三人，然后走上近前，赔着笑脸对袁术说："公路啊，您是什么身份，怎么和他们一般见识呢？咱们可不能因小失大，还是共同讨伐董卓那奸贼要紧！"

袁术这才作罢，一场风波烟消云散。而后帐中众人各自散去，曹操又赶紧安排人暗中给刘备三人送去酒肉安抚。

趣味链接：歃血为盟的仪式

在本回中提到了十八路诸侯歃血为盟，这是中国古代一种非常重要的结盟仪式。歃血为盟，从字面意思上来说，就是把牲畜的血涂抹在自己的嘴唇上，以示结盟的诚意，表示绝不背叛。

这种仪式早在商周时期就已经出现了。《周礼》中记载："国有疑则盟。"诸侯国之间有了不和而需解决时，就会举行会盟。会盟时，会宰杀牛、羊、猪等牲畜来祭神，割下牲畜的左耳，以朱红色的盘子盛放，取牲畜的血，以玉制的敦盛放，而后结盟之人把牲畜的血涂抹在自己的嘴唇上说出盟约，把盟约昭告苍天上的诸神。

歃血完毕后，盟约的正本会和宰杀的牲畜一起在结盟之地附近就地挖一个方形坑掩埋，盟约的副本会盟者人手一份，如有人违背盟约，上天会惩罚他，参与会盟的人也都可以讨伐他。

这就是"歃血为盟"的仪式。

虎牢关三英战吕布

——谁是三国武力值天花板

如果要问起，谁是东汉末年第一猛将？那一定非吕布莫属。

他作战勇猛，有"飞将"之名，是名将中的翘楚，武力值更是"天花板"一样的存在，所以当时的人才有了"人中吕布，马中赤兔"的评价。

赤兔马，是三国时期的第一名马，它长得高大健美，浑身毛发赤红如火，嘶鸣声洪亮，奔跑起来就像是一条蛟龙。

这匹赤兔马原本是董卓的心爱之物，董卓率军进入洛阳后，想要把持朝政，就准备除掉和自己一样手握重兵的并州州牧丁原。为了策反丁原手下的大将吕布，董卓咬咬牙将这匹宝马连同千两黄金和无价珠宝一起送给了吕布。

吕布，生就一副魁梧奇伟、神采飞扬的好皮囊，练就了一身出神入化、天下无敌的好功夫，却是个十足的见利忘义之徒。

他还在丁原手下时，丁原非常欣赏他，收他做了义子。但后来一遇到董卓的重金厚礼拉拢，吕布就马上改认董卓为义父，并杀了丁原作为投名状。

到了董卓麾下后，吕布奔前跑后、随叫随到，简直比董卓亲儿子还要孝顺；董卓待他也是如此，早忘了丁原被杀的前车之鉴，整天"奉先我儿、奉先我儿"地呼个不停。

等到华雄被斩的消息传到洛阳时，董卓又惊又气，吕布马上义愤填膺地请战，说是要为义父赴汤蹈火，平定反贼。

董卓大喜，立刻就准备点兵让吕布出征。这时，谋臣李儒站出来献策道："相国发兵之前，不可不先安定都城之内！"

"都城之内有什么事？"董卓疑惑地问。

李儒回答说："十八路诸侯的首领袁绍出身名门，其家四世三公，势力庞大，他的叔叔袁隗现在还在洛阳城里担任着太傅一职呢！假如相国出征之后，这人勾结叛贼，里应外合，那岂不是……"

董卓听得后脑勺发凉，马上下令让人将袁隗一家灭门，以绝后患。而后他集结二十万大军，兵分两路，一路由李傕、郭汜率领，带着五万人马去把守汜水关；另一路则由他亲自率领，带着十五万大军到虎牢关驻扎。

虎牢关，距离都城洛阳只有五十里，是洛阳的最后一道屏障。

董卓亲自到虎牢关上坐镇，任命吕布为先锋官，率领三万大军到关前严阵以待。

袁绍盟军听到消息后，也不敢掉以轻心，派出王匡、乔瑁、鲍信、袁遗、孔融、张杨、陶谦、公孙瓒八路诸侯前往虎牢关迎敌。曹操也领着自己的部下前来帮忙。

河内太守王匡的大军先到。他也算见过不少世面的，可到了虎牢关下，一看到对面的吕布，也不由自主地喝了一声彩：这家伙真是战神下凡啊！

只见吕布身骑赤焰一般的赤兔骏马，头戴三叉束发紫金冠，外披西川红锦百花袍，身着兽面吞头连环铠，腰系勒甲玲珑狮蛮带，弓箭随身，手里提着明晃晃的方天画戟，整个人威风凛凛，不可一世，正应了那句"人中吕布，马中赤兔"的评价。

"这样的人物，恐怕没几个人是他的对手吧。"王匡心里这么想着，脸上却不动声色，回过头去问麾下的众将士："你们谁敢去与吕布一战？"

众将士自然也都听说过吕布的大名，再看看他的人、他的马和他手里的兵器，一个

个的心里都凉了半截，害怕一上去就会被吕布按在地上摩擦。

众人正踌躇时，一个声音响起："我去会会吕布！"

随即，一道身影纵马挺枪而出。众人一看，原来是河内名将方悦。

方悦催马上前，直扑吕布。众人原本以为他怎么着也能和吕布战上十来个回合，却没想到，两人交战还不到五个回合，方悦就被吕布一戟刺落马下。

吕布初战得胜，志得意满，忍不住仰天大笑，那声音穿云破日，吓得王匡麾下众将士肝胆俱裂、四散奔走。

吕布接着挺起方天画戟，率领手下众兵将乘胜追击，如入无人之境，所到之处人仰马翻。幸得乔瑁、袁遗两军及时赶到，救下了王匡。三路诸侯都折损了不少人马，只得先退回营中，固守不出。

等到剩下五路大军都赶到后，大家聚在一起商议对策，还没商量出个结果来，就听见小校来报，说吕布在阵前叫骂。

上党太守张杨的部将穆顺忍不下去，出马挺枪迎战，被吕布一戟刺于马下。

围观的八路诸侯全都震惊不已，北海太守孔融派出自己的得力大将武安国前去迎战。武安国的兵器是一把一百多斤重的铁锤，原本想靠重锤压制吕布，不承想交战还不到十个回合，武安国便被吕布的方天画戟斩断了手腕，只得弃锤逃走。

八路诸侯的将士齐出，这才救下了武安国，吕布也暂时退了回去。

诸侯们回到寨中商议对策，但一时之间也想不出什么好对策。曹操忍不住发出叹息，说："唉！吕布这样的人，天底下恐怕很难找到对手。可若要击败董卓，就必须先除去这等爪牙……不如会合十八路诸侯，共同商议对策。"

话音未落，就听见小校来报，说吕布再次到阵前挑衅。

北平太守公孙瓒不服，亲自上阵与吕布缠斗在一处。几个回合过后，公孙瓒便知道情形不好，拨转马头就逃。

吕布狞笑着，双腿夹紧赤兔马的肚腹，径直追杀公孙瓒。那赤兔马一声嘶鸣，犹如一道赤红的闪电，转瞬间就追赶至公孙瓒的背后。吕布高举起方天画戟，对准公孙瓒的后心刺去。

公孙瓒感到背后涌来腾腾的杀气，心中暗道："不好，我命休矣！"

正在这电光石火之间，凭空响起一声炸雷："吕布，你个认贼作父、卖主求荣的卑鄙小人！你可敢与我一战！"

吕布见侧面冲出来一个黑脸、浓须、手持长矛的威武汉子，便舍弃了公孙瓒，拨马来战张飞。

"哪来的乡野村夫，也敢与我一战？"

张飞气得虎须倒竖、环眼圆睁，大声呼喝道："我乃燕人张翼德！"

吕布低声一笑，轻蔑地吐出了几个字："无名之辈！"

"总好过你这个名声在外的三姓家奴！"张飞反唇相讥，举着丈八蛇矛就向吕布扑了过去。

吕布被骂得面红耳赤，手下的方天画戟毫不留情，招招带着杀气，一心要把张飞置于死地。张飞面无惧色、精神抖擞，将手中的丈八蛇矛舞得虎虎生风，一时之间，也没让吕布讨到便宜，看得场下众将又激动又心惊。

两人一口气打了五十多个回合，张飞虽然还在奋力抵抗，但已经渐渐落于下风。在旁观阵的关羽卧蚕眉微微一皱，突然拍马冲上前去，挥起青龙偃月刀与吕布战在一处。

吕布斗得兴起，面对关、张二人的前后夹击，也毫不畏惧，还有空夸口说："你们就算再来十个，也不是我的对手！"

转眼又缠斗了三四十个回合，关羽和张飞仅仅是与吕布战了个平手。三兄弟自出道以来，还从未遇到过这样强大的对手，刘备担心二弟、三弟吃亏，也纵马跃入战局，手持双股剑剑指吕布后背。

三人将吕布围住，转着圈地出击。

"哈哈哈，都来吧！我吕奉先今天就让你们开开眼界！"这吕布已经一口气战了上百个回合，体力不见减退，斗志反而愈发昂扬。他驱着赤兔马来回奔突，方天画戟舞得如流星锤一般，把自己周身护得密不透风，没给刘、关、张三兄弟一点机会。

双方将士全都看得目瞪口呆，曹操更是连连咋舌，心中暗道："这四人若有一个能为我所用，大业必成！"

转眼又是几十个回合。

那吕布毕竟是人，不是神，被三人围着缠斗了这么长时间，也开始感到力气不济，他心里忖度道："没想到这三个家伙这么能打！也罢，看来今天是不能取胜了，还是尽早脱身吧。"

吕布寻了个时机，将方天画戟往刘备脸上虚晃了一下，刘备急忙闪躲，吕布抓住时机在三人的包围圈上撕开一个口子，借着赤兔马腿壮脚快的便利，一股赤焰般冲了出去。

刘备三人不肯放过这个机会，连忙拍马追了上去。

众人随着刘、关、张三兄弟一起追赶吕布至虎牢关下，看见城墙上一柄青罗华盖随着西风缓缓飘动着。张飞指着华盖下的人影大喊道："此人一定就是董卓。"

"冲呀！吕布逃跑啦，大家冲过虎牢关，活捉董卓！"诸侯的队伍中发出一阵阵呐喊，大家乘胜追击，把吕布的人马杀了个落花流水。

原本还想冲到虎牢关上去，但还没靠近城墙，关上就落下一阵雨点般的箭羽和落石，大家只得暂时撤了回去。

虎牢关上观战的董卓见吕布也被打败了，不由得长叹一声："天命如此！是时候离开洛阳了。"

他放纵手下的士兵在洛阳城中大开杀戒，洗劫了如山的金银财宝，连洛阳附近的帝

王和后妃陵寝都没有放过；而后他挟持了汉献帝、朝臣和一干后妃宫人，浩浩荡荡地往长安方向去了。

临行前，董卓还下令在洛阳城中放了一把火，把辉煌的帝都烧成了瓦砾之地。

趣味链接

三国名马排行榜

读完本回的故事，想必大家对赤兔马印象深刻。在中国古代，宝马良驹可是名将的标配。下面我们就来梳理一下《三国演义》中的名马吧！

排名	名称	特征	主人	事迹概述
1	赤兔马	赤红毛发，嘶喊咆哮如龙，日行千里，夜行八百	董卓、吕布、曹操、关羽	三易其主，战功赫赫，关羽父子死后，赤兔绝食而死
2	的卢马	马眼下有泪槽，额边生白点	张武、刘表、刘备	跃马过檀溪救刘备，雒城之战中，与庞统一起死于落凤坡
3	爪黄飞电	全身雪白，四蹄黄色	曹操	许田打围时出尽风头
4	绝影（出自《魏书》）	奔跑速度快，无影无踪	曹操	宛城之战时身中三箭不倒，忠心护主
5	白马（评书中名为照夜玉狮子、玉兰白龙驹）	通体雪白、跳跃能力惊人，冲击力强	赵云	长坂坡之战时载着赵云从陷马坑中一跃而起

王司徒巧使美人计

——色字头上一把刀

董卓弃洛阳城而去后,十八路诸侯陆续率领军队进入洛阳城。

作为联军先锋的孙坚率先入城,看到洛阳城内到处都是火焰冲天、黑烟铺地的景象,他一边通知各路诸侯在荒地上安营扎寨,一边带着自己的人马四处救火。

清理到一处宫殿的废弃水井时,孙权的下属却意外捡到了一件至宝——传国玉玺。

什么是传国玉玺呢?通俗地说,就是皇帝的印玺,也是皇帝身份的象征。

这传国玉玺相传为秦国丞相李斯受秦始皇之命找来良工巧匠用和氏璧雕琢而成,之后的历代帝王都将此玺视作自己正统地位的凭证。传到汉灵帝末年时,十常侍作乱,传国玉玺不知所踪。

现在,玉玺就摆在孙坚面前,玉玺上刻着的字,却极力挑动着孙坚的贪心。

"受命于天,既寿永昌。"

这魔咒般的八个字,让孙坚仿佛看到了自己面南称尊的情形,他暗暗盘算道:"如今上天将此宝物授予我,莫非我就是天命所归之人?想当初,高祖皇帝斩蛇起义时,也不过是个小小亭长,这乱世之中,我怎么就不能创建一份万世不朽的基业呢……"

孙坚越想越激动,他觉得不应该在此地久留,应尽早返回江东去,图谋大业。

于是，孙坚藏匿了传国玉玺，准备向袁绍称病请辞，返回长沙。

但世上没有不透风的墙，孙坚身边的士兵中有一个人是袁绍的同乡，他连夜偷跑到袁绍处告密，想借此为自己谋一条晋升之路。

袁绍得到消息后，在孙坚称病来辞行时一脸冷笑地试探说："贤弟，你这病怕不是让传国玉玺给害的吧？咱们联合反董，为的是匡扶汉室天下，还帝于朝，你身为臣子，可不能僭越自己的本分啊！"

孙坚一听脸色大变，急忙赌咒发誓说："什么传国玉玺？不是早就不知所踪了吗？怎么会在我这里呢？一定是有人故意造谣、离间，怕不是董卓留下的奸细吧。要是传国玉玺真在我这里，就让我他日死于刀箭之下，不得善终！"

其他诸侯见两人闹得不可开交，又见孙坚指天发誓说没有，连忙劝说袁绍："文台发了毒誓，想必是真的没有，此事就算了吧。"

孙坚也假装与袁绍不欢而散的样子，转身出了大帐，率领手下众人拔寨离开洛阳，返回长沙。

袁绍可不是小孩子，自然不信赌咒发誓这一套，他转而去信安排荆州州牧刘表在孙坚的归途中拦截，险些要了孙坚的性命。

孙坚焉能咽下这口恶气，回去以后没过多久，就整顿兵马讨伐刘表。不承想却中了刘表部将黄祖的诱敌之计，被射得跟刺猬一样，可谓一语成谶！

孙坚贪恋的是权势地位，而董卓和吕布到了长安以后，却贪恋上了美色！

董卓在长安愈发骄横，还给自己加了一个太师的头衔，俨然成了不戴王冠的皇帝。

他让人在长安城外修建了一座大宅，作为自己的府邸，取名郿坞。这座府邸的富丽堂皇程度与之前洛阳的皇宫相比也毫不逊色。

吕布作为他的爪牙，每日监视群臣，只要董卓看谁不顺眼，吕布就诬陷他们是袁绍的同党，然后等待着他们的就是抄家砍头。长安城里一时之间被搅得腥风血雨，人人自危。

司徒王允见状忧心如焚。一天夜里，他再次失眠了，索性披衣下榻，到花园中散步。

忽然，他听到花影中传来几声悠悠的叹息。王允走近一看，原来是府中一个名叫貂蝉的歌伎。

貂蝉从小就到了王允府上，虽然出身卑微，但生得花容月貌，还能歌善舞。王允平日里对她格外照顾，就像父亲对待自己的女儿一般。

听到她唉声叹气，王允便出声问她："貂蝉，你深更半夜不去睡觉，为何在此叹气？"

貂蝉低头回答说："大人，您对我有养育之恩，我却没有机会报答您。最近常常见您愁眉不展，一定是为朝廷的事忧心，可惜我一个弱女子，也不知道如何来替您分忧，所以只能叹气了。"

貂蝉说得情真意切，话音未落，眼中已满是泪光，在月光映衬下，愈发楚楚动人。王允瞥见后，心中猛然一动，想到一个妙计。他拉起貂蝉的手，轻声问："貂蝉，你刚才说的可是真心话？"

貂蝉忍着眼泪，急声说："自然是真的，只要能为大人您分忧，奴家赴汤蹈火，万死不辞！"

"好孩子，你随我来。"

王允领着貂蝉来到内室，请貂蝉坐下，而后突然跪倒在地，老泪纵横地说："貂蝉，现在能拯救大汉王朝、拯救天下百姓的就只有你了！"

貂蝉吓得手足无措，也慌忙跪坐起来，一边搀扶王允一边说："大人，您需要我做什么？还请您直说。"

王允泪洒前胸，打湿了花白的胡须，他嘴唇颤抖却一字一顿异常清晰地说："我要你利用自己的美貌，去离间董卓和吕布。这个计划万分危险，随时会丢掉性命，你可愿意？"

貂蝉拼命点头。

王允这才接着说:"奸贼董卓涂炭百姓,虐杀大臣,早有篡夺皇位之心,如果不及早铲除,大汉天下岌岌可危!他身边的走狗吕布,悍勇无敌,满朝文武不敢与之抗衡。但我听说这二人都贪恋美色,所以想借你对他们使一出连环计。我先假意要将你嫁给吕布,然后再让董卓窥见你的美貌,纳你入内室。之后你见机行事离间他们父子,一定要让他们反目成仇。这样一来,我们就能除去这一对虎狼,拯救天下了!若能重扶社稷、再立江山,这将都是你的功劳,你可愿意?"

"一切都听大人的安排!"柔弱的貂蝉听完王允的话,语气也变得坚定起来。

第二天,王允便准备了厚礼,悄悄送到了吕布府上,假意要同他结交。

吕布见了礼物十分喜欢,便亲自到王允家中道谢。

王允准备了宴席招待来家中做客的吕布。酒至半酣时,王允一边说着恭维奉承的话,一边向下人使了个眼色,让他们请出貂蝉。

吕布正低头喝着酒,忽然闻到了一股沁人心脾的幽香,他猛地抬起头,就看见一个美貌佳人已经走到他的近前,朝他嫣然一笑。

这一笑,把吕布的魂都要勾走了,两只眼睛直愣愣地盯着貂蝉看,再也移不开。

王允见状,微微一笑,说:"将军,这是我的义女貂蝉,老夫一直将她视为掌上明珠。如今我承蒙将军错爱,与至亲无异,所以就让她来拜见将军。"

貂蝉连忙屈身行礼,而后又听从王允的安排给吕布斟酒。

吕布被这一出"美人计"迷得目不转睛,神志全无。

王允见状继续出招,他假装叹气说:"可惜我这女儿至今尚未许配人家,一直让我忧心不已。如果将军不嫌弃,我想让她给你做个小妾,不知你意下如何?"

这惊喜来得太突然了,吕布的脑瓜子嗡嗡直响,过了半晌才反应过来,连忙出席对王允行礼,嘴里不停地喊着岳父,还承诺说:"岳父日后若有吩咐,小婿当效犬马

之劳。"

王允见吕布入了圈套，便对他说："那此事就这样定了，将军可先回府，老夫定当选一个吉日，亲自将貂蝉送到府上。"

吕布千恩万谢地离开了。

几天后，王允又选了一个吕布不在的日子向董卓假意示好，还请他到府中做客，董卓欣然应邀。宴席上，王允故技重施，将貂蝉送到了董卓的面前。董卓比吕布更好色，也更霸道，当即就将貂蝉要走，带回府中。

吕布听到消息后，怒气冲冲地来到司徒府，质问王允："王司徒，你这是什么意思！你明明已经将貂蝉许配给我，为何又将她献给我义父？你这是在戏耍我吗？"

王允连忙辩驳说："将军这是什么话？我将女儿许配给你又岂能反悔？不过是太师大人听说了我将女儿许配给你的事，亲自到府上相看，还说明日就是吉日，他先将貂蝉接回去，明日亲自为你们操办亲事。我怎敢违背他的命令呢？将军如若不信，可以亲自去问。"

吕布信以为真，连忙辞别了王允，回到府中等着义父董卓的安排。

谁承想，都到第二天中午了，还是一点动静都没有。

吕布挂念着貂蝉，连忙跑到董卓府上打探消息，却得知董卓在将貂蝉接到府上后，就已纳为姜室。

这消息如同晴天霹雳，让吕布怒不可遏。他一直跑进了董府的内院，准备问个清楚。

貂蝉此时正坐在窗前梳头，猛地瞥见了窗外吕布的身影，她急忙蹙起眉头，掏出手绢擦拭眼睛，做出暗自垂泪的模样。

吕布以为自己掌握了真相，心中又气又恨："可怜的貂蝉，被董卓那老贼霸占，不知道受了多少委屈！"

自此以后，貂蝉一面殷勤地侍奉董卓，一面暗中与吕布眉目传情，私下幽会。

在董卓跟前时,她会不经意地透露说,吕布总是盯着自己看,让董卓对吕布心生疑忌;与吕布私处时,她则委屈落泪,一副楚楚可怜的样子,让吕布对董卓的不满日益加深……

沉鱼·落雁·闭月·羞花

你知道沉鱼、落雁、闭月、羞花的典故吗?与之相对应的"四大美女"都是谁呢?

第一位是春秋末期的西施。西施是越国人,原本为浣纱女,后来被越王勾践送给吴王夫差,以美人计致使吴国覆灭。相传,西施浣纱时美丽的容颜映入河面,让河中的游鱼都自惭形秽,不敢露出水面,故称"沉鱼"。

第二位是汉朝的王昭君。昭君本是宫女,为了汉朝和匈奴之间的和平,毛遂自荐嫁给匈奴单于。传说昭君在出塞途中,美貌惊呆了北地的大雁,以至于它们忘记扇动翅膀而掉落在地,故称"落雁"。

第三位就是本回提到的貂蝉。貂蝉在正史中没有记载,但《三国演义》等小说中,她可是美貌与智慧并存的奇女子。传说貂蝉在祭拜月亮时,动人的美貌让月亮都不敢露面,只能藏在云彩后面,故称"闭月"。

第四位是唐朝的杨玉环。杨玉环,即杨贵妃,她与唐明皇轰轰烈烈的爱情故事,感天动地,也是《长生殿》《梧桐雨》等众多名剧的原型。"羞花"是说杨玉环人比花娇,令牡丹自愧不如,在她面前纷纷凋谢。

凤仪亭吕布戏貂蝉

——英雄难过美人关

话说，这吕布对貂蝉念念不忘，贼胆也是越发大了起来。

这天，他趁着董卓进宫与汉献帝议事的空当，偷偷溜回太师府来见貂蝉。

"貂蝉！"吕布一进入后堂，就开始连声呼唤，一双大眼也在四处寻找那个令他魂不守舍的倩影。

貂蝉在窗内看见吕布，心头暗骂："这色胆包天的贼子，合该他死于非命！"

她稳了稳心神，对吕布温声说："将军，此处不方便说话，你去后花园的凤仪亭中等我，那里僻静无人。"

吕布点头同意，提着方天画戟去了凤仪亭等候。过了好一会儿，貂蝉的身影才从萋萋芳草中闪现，她脚步迟疑、左顾右盼，脸上尽是张皇的神色。

吕布一看见她，就将方天画戟放在一旁，张开了双臂，貂蝉立刻扑到他怀中抽泣不止，把一双妩媚动人的美目哭得像桃子一般肿胀。

"将军，妾身虽然出身低贱，但在王司徒的府中长大，也受了一些教养，知道礼义廉耻。自从那天遇见将军，司徒大人将我许配给将军，我心里欢喜极了。我自小仰慕英雄豪杰，能嫁给将军、侍奉将军，我此生的愿望都满足了。可太师……"

貂蝉说到此处，忍不住又大哭起来，抽抽噎噎了好半天才接着说道："太师他对妾身见色起意，强行霸占了妾身。妾身痛不欲生，只因还未与将军诀别，这才暂且忍辱偷生。今天和将军见了这最后一面，将我的心里话都说给你听，我便死而无憾了！"

说完，貂蝉突然一个转身，作势要跳入一旁的荷花池。

吕布眼疾手快，赶忙拦住貂蝉，急道："貂蝉，你不要这样！我早就知晓你的心意，这不是你的错！"

貂蝉冲吕布凄然一笑，继续深情地说："将军，我这辈子不能与你做夫妻，来世一定再嫁给你，生生世世和你做夫妻！"

吕布的内心如刀绞一般，他指天发誓说："不用等来世！我吕布此生要是不能娶你，就算不上真英雄！貂蝉，你暂且忍耐一下，我一定想办法把你救出来！"

貂蝉又落下泪来："我虽在这里锦衣玉食，却度日如年。将军，你可要快些救我出去。"

吕布满口答应下来，又看天色已经不早了，担心董卓回府撞见自己，于是对貂蝉说："我是趁着董卓老贼与皇上说话的空当跑来的，现在要赶紧回去了，以免老贼怀疑……"

吕布说罢，整理了一下衣袖，就要转身离去，貂蝉心头暗道："不好！今日好不容易把吕布这厮诓骗到凤仪亭来，若是能趁热打铁，让董卓老贼回来撞见，二人一定不死不休。要是让他就这么走了，岂不是白白浪费了一次机会？这可怎么办……"她知道，事到如今，也只剩下拖延之术了，必须把吕布拖到董卓回府。

貂蝉不等吕布告别的话说出，立刻伸手扯住吕布的衣袖，恋恋不舍地说："将军刚才还在和我海誓山盟，现在竟然这么没有胆色，貂蝉这辈子恐怕都逃不出火坑了……"

吕布赶忙解释："此事还需容我慢慢想一个万无一失的好计策。"

貂蝉立刻发出一声冷笑，双眼略带失望地说："妾身早就听说过将军的威名赫赫，你一向战无不胜、攻无不克，是当世一等一的大英雄，因此才芳心暗许。没想到你却甘愿受制于人，难道说妾身所托非人吗？"说罢，泪水又汩汩而出。

吕布凭空受了一顿数落，顿时为刚才自己的敷衍回答羞惭满面。他立刻上前抱住貂蝉安慰，貂蝉又是哭诉委屈，又是指天发誓，把吕布哄得团团转，一下子不知在凤仪亭中耽搁了多少时光。

宫中的董卓与汉献帝正说着话呢，忽然发现吕布不知道什么时候不见了。他原本就疑心吕布觊觎自己的爱妾貂蝉，这下子忽然心头一紧，立刻坐车回府。

在相府门口，果然看见了吕布的马就系在门前。他问门吏吕布的去向，门吏告诉他吕布径直往后堂去了。

董卓的脸立马就黑了下来，直奔后堂来找吕布。找了一圈，不仅没找到吕布，就连貂蝉也没了踪影。侍从赶紧告诉他，貂蝉说要去后花园赏花。

董卓大步流星地闯入后花园，远远地就瞧见吕布正背对着自己，紧紧抱着貂蝉的细腰，而貂蝉正在他宽阔的肩头挣扎。董卓的脸顿时黑得像锅底一般。

再说这边的貂蝉，她一直很注意自己的站位，故意让吕布背对着园门的方向，所以董卓一进来，她的余光就瞥见了。她露出自己鬓发凌乱、满是泪痕的脸，好像是在求助一样，故意让董卓误以为她是被吕布挟持的。

董卓气得怒火中烧，疾步奔到近前，顺手抄起吕布放在一旁的方天画戟，对准吕布的后心就要刺去。

吕布听见背后的脚步声，急忙回头，才发现是董卓回来了。他心里一惊，慌慌忙忙就要逃走。

董卓举着方天画戟追赶，但因为他太胖了，没走几步就累得气喘吁吁，只得朝吕布掷出方天画戟，恶狠狠地骂道："吕布！你个畜生！"

吕布连忙抬手一挡，方天画戟就扎在了院中的柱子上。吕布也顾不上捡拾，没命地往府门外逃。

董卓刚追出花园门，就与迎面走来的李儒撞到了一起，董卓摔了个四仰八叉，被扶起来后哪里还有吕布的身影。

"李儒，你，你，坏了我的好事！"董卓喘着粗气说道。

李儒连忙扶着董卓进入内堂坐下说话。他一头雾水地问："太师大人，卑职刚刚进门时遇到了温侯吕布，他慌慌张张地跑出府门，还对卑职说您要杀他，这是怎么回事呀？"

董卓喝了口茶，仍然觉得心怦怦直跳，怒道："吕布这厮，我给他多少荣耀，多少好处！没想到他竟然调戏我的爱妾！这猪狗不如的东西！我不杀他，难泄心头之恨！"

李儒见他怒发冲冠的样子，只能试探着劝说道："您先消消气。那貂蝉不过是一个美貌女子，吕布可是您的心头爱将啊。孰轻孰重，不用我说，想必您心中有数。您一时气恼吕布不要紧，可千万不能因小失大啊！"

这一番话说得董卓也开始计较起来，沉思良久后，他问道："那你说，这事应该怎么处置？"

李儒马上笑着上前一步，凑到董卓耳边轻声说："大人，假如这是一盘棋，除了两败俱伤，您还有更高明的走法。"

"哦？什么走法？"

"美人哪里没有，而吕布天下只有一个。您只要舍得把貂蝉送给吕布，成全他的心愿，吕布一定会感念您的恩情，对您肝脑涂地……至于美人嘛，这天下都是太师的，还怕找不到比貂蝉更美貌的姑娘吗？"

董卓点头，赞许李儒道："还是你考虑周全。"

说完，他起身进入后堂找貂蝉，一见面就开门见山地质问说："你和吕布在后花园里的勾当我都看见了，你还有什么话说？"

貂蝉早就料到董卓会来找她问话，也早就把应对的话想好了。她直接跪下哭告说："大人，求您给妾身做主。今天妾身正在后花园赏花，那吕布不知怎的突然闯了进来，吓得妾身赶紧回避。不承想吕布却一把拦住了妾身，说他是太师的干儿子，就如同我的家人，不需要躲避。妾身心里觉得不妥，只想赶紧逃走，没想到吕布起了色心，提着方天画戟追赶妾身到了凤仪亭。妾身自知体弱力小，根本逃不出去，打算投湖自尽。没想到吕布却强行把妾身抱在怀里，妾身求生不得、求死不成，幸而您赶到，救了我的命！吕布欺辱妾身，如同欺辱您，妾身求您为我报仇雪恨！"

董卓叹息一声，把貂蝉拉起来，说："自古英雄难过美人关。既然吕布喜欢你，我把你嫁给他，怎么样？"

貂蝉千算万算，没有算到董卓竟然想把自己嫁给吕布。她立刻明白过来，一定是有高人在背后支招，这人八成是李儒，想必他已经说动了董卓，而董卓在吕布和自己之间，选择了吕布。

貂蝉心口狂跳，看来，必须想办法搬走李儒这块绊脚石了。

于是，貂蝉满脸惊惧之色，"扑通"一声跪倒在地，伏在董卓膝头哀声痛哭道："大人，妾身既然已经侍奉了您，又怎么能再去侍奉吕布呢？您是当朝太师，吕布那厮不过是您的家奴，一个是天，一个为地，妾身宁可一死也绝不受此等侮辱！"

说完，貂蝉就站起身，一把抽出墙上悬挂的宝剑，眼睛一闭，就朝脖颈处抹去。董卓慌忙夺过宝剑，"哐啷"一声扔在地上，而后对貂蝉说："老夫不过是和你开了个玩笑，何必寻死呢？"

貂蝉满脸泪痕地对董卓说："妾身明白了，这一定是李儒搞的鬼！"

董卓惊讶地问："何以见得？"

貂蝉继续哭着说："吕布之前就威胁妾身说，我逃不出他的手心。因为太师待他如亲子，再加上他的好友李儒巧舌如簧，一定能说动您把我嫁给他！妾身万万没想到，李儒竟然如此大胆，不顾您的脸面和我的性命，设下这样的毒计！"

董卓沉默不语，貂蝉继续添油加醋道："这样歹毒的计策，吕布这个莽夫想不出来，一定是李儒设计的。他今日敢为了吕布害妾身，明日就敢加害于您，妾身和他拼了！"

董卓的嘴角抽动几下，安慰了貂蝉半天，说："我怎么会忍心让你被人害了呢？"

貂蝉还是哭闹不休，直说再在这里待下去，一定会被吕布和李儒所害。

董卓愈发相信了貂蝉所说的话，只得告诉她，第二天就会陪她去长安城外的郿坞暂住，貂蝉这才收了眼泪拜谢董卓。

第二天一早，李儒就来求见董卓，提醒他送貂蝉去吕布家。

谁知董卓已经变了卦，说："你转告吕布，我不追究他的罪过了，但貂蝉不适合赐给他。"

李儒还想再劝，董卓却把李儒臭骂一顿，还将他赶了出去。李儒强忍着心头怒火，走到僻静无人处才仰天长叹："唉！想不到我们都要死在一个小女子手中了！"

董卓出发去郿坞时，文武百官都来送行。

吕布站在一处小山坡上，望着貂蝉所乘的车子越走越远，渐渐消失在视野里，心里空落落的，很不是滋味。司徒王允将这一切都看在眼里，故意挑拨道："将军怎么不跟着太师大人去郿坞？为何要在这里长吁短叹？"

吕布直言不讳道："自然是为了司徒您的女儿貂蝉。"

王允佯装不知情，问道："出了什么事？老夫最近生了重病，已经闭门不出很久了。你和小女过得不好吗？"

吕布冷哼一声，把前因后果讲给王允听，越说越气愤。王允听完后假装大吃一惊，又是捶胸顿足，又是仰天叹息，嘴里嚷嚷着："怎么会这样？我不相信！"

吕布被他的反应刺激得更加生气了，王允见目的达到了，这才拉着吕布的手，邀请他坐上自己的车，一起到司徒府议事。

两人在司徒府密室坐下后，王允继续激怒吕布道："太师夺你所爱，做出这等禽兽不如的事情来，实在是让天下人耻笑。天下人不仅要耻笑我王允，更要耻笑你吕布了！"

吕布听他这么说，把铁拳捏得"咯吱咯吱"响，脸上的皮肉都扭曲了，王允又说："我已经老了，不怕天下人耻笑，可惜了奉先你啊！你是个盖世英雄，怎么能受如此侮辱呢？"

吕布气得拍着桌案大喊大叫道："我誓要杀了董卓老贼来洗刷耻辱！不杀老贼，我誓不为人！"

王允急忙掩住吕布的嘴，说："不要高声！奉先，你说这话可是死罪啊！"

吕布怒道："大丈夫岂能久居人下？何况这老贼和我还有夺爱之恨！只是……我是他的干儿子，如果我杀了他，会不会遭天下人唾弃？"

王允正色道："他姓董，你姓吕，哪有父子血缘？再说了，这老贼在花园里投戟要杀你时，可曾顾及父子之情？将军要是能除去董贼，那就是汉室第一功臣，流芳百世；要是继续认贼作父，恐怕要遗臭万年！"

吕布听了大为所动，当下便与王允结盟，准备铲除董卓。

几天后，王允密谋停当，派人去骗董卓回长安。

他让人对董卓说天子有诏，要将皇位禅让于他。董卓早就有篡位之心，王允传来的消息正好撞在他的心坎儿上，所以这老贼乐得心花怒放，毫不怀疑地安排车驾回长安。

第二天上朝时，车子刚进入朝门，董卓就看到不远处的王允等人都手持宝剑站在大殿门外，诡计多端的董卓立刻嗅到了危险的气息，连忙呼唤吕布护驾。

不承想吕布从他的车后跳了出来，举着方天画戟，大喊了一声"奉诏讨贼"，一下刺中董卓的咽喉。

就这样，掀起汉末风云的董卓一命呜呼了。

董卓的旧部李傕、郭汜、张济、樊稠听说了董卓身死的消息，派人到长安来上表请求赦免。王允因为他们之前助纣为虐的行为坚决不同意赦免，还打算解散董卓的凉州兵旧部。

这四人一合计，干脆打着"为董卓报仇"的名义，带着董卓的旧部一起杀向长安。他们联系上了城内的董卓余党做内应，偷偷打开了城门，吕布左冲右突，抵挡不住，干脆带着貂蝉投奔袁术去了。

吕布原本还想带着王允一起走，但王允舍不下汉献帝，不肯离开。就这样，为铲除汉室奸贼董卓立下大功的第一功臣王允，在阵前殉了国，长安失守。

孝顺能做官，不孝会获罪

自从董仲舒提出"罢黜百家，独尊儒术"以后，儒家的道德规范大行其道。汉朝的统治者奉行"以孝治天下"的政策，通过宣扬孝道，建立起君臣父子的人伦统治秩序，以维护其政治统治。汉朝还采取"举孝廉"的取士制度，所谓"举孝廉"，就是地方官向朝廷推荐孝顺父母、清廉方正的人出来做官。曹操就是通过"举孝廉"的途径得以做官。而关于"不孝"，汉代也有非常严厉的惩罚措施。汉武帝时，衡山王太子刘爽密报其父刘赐谋反，不仅没有获得奖赏，还因为"不孝"之罪被腰斩于市。而那个因为"四岁让梨"闻名海内的孔融，后来也因为"不孝"获罪，被曹操处死了。

所以，作为《三国演义》中第一武将的吕布，才会在想除掉董卓时犹豫不决，才会问王允，自己作为儿子，杀掉义父董卓会不会被千夫所指。

陶恭祖三让徐州

——徐州这块烫手的山芋

李傕、郭汜攻陷长安后，控制了汉献帝刘协，把持朝政，成为长安新的权力中心。他们祸乱朝纲、鱼肉百姓，比起董卓来有过之而无不及，甚至连汉献帝都被他们日夜监视起来。

汉献帝此时就如同身处荆棘丛中，不敢有丝毫轻举妄动，做皇帝做到这份儿上，也是扎心。

见长安城中一片乱象，西凉太守马腾和并州州牧韩遂两位枭雄，带着十几万西凉兵马杀向长安，想要铲除李傕、郭汜，匡扶汉室大统。

马腾、韩遂领的是西凉兵，李傕、郭汜领的也是西凉兵，双方谁也不怕谁。可志得意满的马腾万万没想到，自己最终会败在粮草不济上。

不过，马腾这次长安勤王行动虽然失败了，却让一个少年横空出世，让世人都眼前一亮。他就是马腾十七岁的儿子马超。

这位小将军犹如战神附体一般，连杀王方、李蒙两员大将，让李傕、郭汜不得不全力严守关防，不再出战。而后他们与马腾、韩遂打起了粮草消耗战，马腾一方的粮草很快就都用完了，只得拔寨退军。

马腾和韩遂一撤,李傕、郭汜就命人在后面追,西凉军的将士们就算再凶蛮能战,也扛不住饿着肚子上战场呀,马腾和韩遂很快就大败了。

李傕、郭汜打跑了西凉兵,刚想松上一口气,青州的黄巾军又起来了。他们聚集了数十万人,和朝廷作对。朝中有大臣推荐让东郡太守曹操去平乱,李傕、郭汜就以天子的名义派人送诏书去东郡找曹操。

曹操果然不负所托,不仅迅速瓦解了青州黄巾军,还一口气招安了三十万降兵。曹操从这些人中精心挑选了一批精兵强将,操练成一支能打硬仗的队伍,号称"青州兵"。

随着军事实力的增强,曹操称霸天下的野心也与日俱增。他在兖州招贤纳士,荀彧、荀攸、程昱、郭嘉、刘晔、满宠、吕虔、毛玠、于禁、典韦等人先后慕名前来投奔。自此,曹操手下文有谋臣、武有猛将,威震山东(这里的"山东"不是今天所说的行政概念上的"山东",而是一个地域性的泛称。古人把崤山或华山以东的广大地区泛称"山东")。

站稳脚跟以后,曹操想到了因为自己起兵而不得不到陈留避祸的父亲曹嵩。于是,他派人到陈留去接父亲曹嵩和曹家的一家老小。

曹嵩听说儿子阿瞒出息了,那真是喜上眉梢,迅速收拾了金银细软,带着曹家的老老小小几十口人和一百来车值钱的东西,浩浩荡荡地朝着山东兖州出发了。

途经徐州的时候,徐州州牧陶谦因为欣赏曹操,对曹嵩分外尊重。听说是曹操的父亲和家眷经过,陶谦不仅亲自出城相迎,安排了酒宴隆重招待他们,送他们离开时还特地让自己手下的都尉张闿率领五百士兵护送。

只是,因为陶谦的一片好心,反而给自己惹来了大麻烦。

张闿原本是黄巾军余党,被陶谦招安至麾下本就不情不愿,还因为军规处处受限制,捞不到什么好处。

而曹嵩的家底丰厚,那一百多车金银财宝在张闿看来,仿佛是天上掉下来的金馅饼,

不要白不要！于是，趁着一个暴雨之夜，张闿不仅抢走了财物，还杀了曹嵩全家，而后带着手下的五百士兵上山当山贼去了。

曹操得知这个噩耗后，直接哭晕在地，咬牙切齿地说："陶谦这个老匹夫，纵容手下杀死我父，屠我全家，此仇不共戴天！"

陶谦原本是好心派人来护送，却没想到这个张闿见财起意，属实是好心办了坏事。不得不说，这口黑锅背得有点冤枉啊！

但此时此刻，曹阿瞒可不管这些，他已经被仇恨冲昏了头脑，心里只剩下"报仇雪恨"这一个念头了。曹操只留下三万兵马驻守在自己的大本营，而他自己则率领着剩下的大军疯狂扑向徐州。他下令全员着孝服——白盔、白衣、白甲，每攻下一座城池，就屠尽城中的百姓泄愤。誓要让铁骑踏过之处，血流成河，伏尸百万。

危急时刻，东郡有一个人听说了曹操的疯狂复仇计划，冒着生命危险前来劝阻曹操。

这个人就是陈宫。

听说陈宫求见时，曹操叫人请他入帐相见。

陈宫说："听说您要率领大军去攻打徐州，为父亲报仇，还要杀光徐州的百姓，我特地前来进言。陶谦是一个仁义的君子，您父亲遇害是张闿作恶，不是陶谦的罪过，更与州县的百姓无关，杀害他们于您的大业不吉，还会惹来天下人的非议，还请您三思。"

曹操却听不进去他的劝告，还生气地质问他："你曾经弃我而去，如今又有何颜面来劝我？"说完就让人赶他出去。

陈宫见劝说无望，也自觉无颜去见和他交情深厚的陶谦，只得失望地离开。

"宁教我负天下人，休教天下人负我！"这句话在陈宫的脑海中又一次响起——张闿杀了他的家人，他就要让整个徐州的百姓来陪葬，曹操自私、霸道的性格果然一点都没有变。

徐州的州牧陶谦，人如其名，是一位谦谦君子。

他听说曹操为了泄私愤而率领大军攻打徐州，沿途还杀人屠城、挖坟掘墓后，忍不住痛哭流涕，对身边的人说："都是我的过错，连累无辜的百姓受苦！你们不如把我捆起来送给曹操吧，或许徐州的百姓能逃过这一劫！只要他能放过徐州，我愿意任他宰割。"

这话一出口，立刻有谋士出来阻止了陶谦。因为曹操想要的并不仅仅是陶谦一个人的性命。

谋士糜竺建议说："州牧可派人去北海郡向孔融求助，再派人去青州州牧田楷处求助。若这两处的兵马一起来，曹操就一定会退兵。我愿亲自带着您的书信去北海郡。"

陶谦也没了别的法子，只得同意。

糜竺到了北海郡才发现，此时的孔融也有点自顾不暇——他的地盘被黄巾军的残部包围了。糜竺愁，孔融心中也愁。

幸而，孔融很快就得到了刘备的相助，成功脱困。摆庆功宴的时候，孔融将糜竺引荐给了刘备，还劝说刘备同自己一起前去救援徐州。刘备欣然同意，言说自己兵微将寡，需要先去向公孙瓒借点人马，让孔融先去，自己随后就到。

没过几日，刘备就率领着向公孙瓒借来的两千兵马，连同自己的三千兵马，一起来到徐州城外，面见孔融。孔融和田楷两路人马早已到了城外，但因为惧怕曹操的大军，只敢在城外下寨，不敢轻易进攻。曹操也因为他们的到来，不敢轻易攻城。两方人马陷入了僵持。

见到刘备前来，孔融劝说道："曹操势大，又擅长用兵，不可轻易出战。你也与我们一起静待时机吧。"

刘备却说："恐怕城中的粮草坚持不了多久吧，不如由您和田州牧的部下佯装进攻，引开曹军的注意力，我带领部下伺机进入城中，与陶州牧商议对策。"

孔融十分高兴，与田楷两路人马在城外形成犄角之势牵制曹操，刘备乘机冲破了曹操的包围圈，进入徐州城。

陶谦早听说过刘备的大名，也知道他汉室宗亲的身份，内心对他钦佩不已。今日见他前来仗义相助，人又长得龙章凤姿、器宇不凡，谈吐举止有君子之风，内心更是生出了让贤的心思。

他让人捧出徐州州牧的大印，双手递给刘备，诚恳地说："玄德，你是汉室宗亲，匡扶汉室天下的重任都在你的身上。老夫我年迈无能，连累百姓跟着我受苦，今天我心甘情愿把徐州州牧的位子让给你，还请你不要推辞。"

刘备听了大吃一惊，急忙出席拜了两拜，而后摆手推辞说："陶公，万万不可！备无功无德，担任平原相还生怕自己不称职，哪敢担任徐州州牧？"

陶谦一把紧紧拉住刘备的手，又说："玄德，看在徐州百姓的面子上，你就答应老夫吧！我马上给朝廷写奏章举荐你。"

刘备继续推辞说："陶公，使不得！备这次来救徐州，只为大义，绝无觊觎之心啊！您要是以州牧之位相赠，我刘备在天下人眼中，岂不成了乘人之危的小人了？"

陶谦再三相让，刘备坚决不肯接受。眼见二人推来推去也没有结果，糜竺站出来劝陶谦说："既然刘公不肯接受，那不如等退了曹兵以后再计较。"

刘备也点点头说："确实，眼下城中的粮草不能坚持太久，和曹操对峙恐怕没有好结果。我和曹操以前有点交情，不如让我给他写封信，劝他退兵。如果他不肯退兵，我们再兵戎相见也不迟。"

陶谦大喜。但接到书信的曹操却气得破口大骂："刘备是个什么东西？竟然敢来阻拦我？"

说罢，就要让人把送信来的使者推出去斩了。曹操的谋士郭嘉连忙劝谏说："主公，刘备这招先礼后兵，已经占尽了人心，您不如也先用一个缓兵之计，让他们生出轻慢之

心，咱们再图破城的好法子。"

郭嘉这个人向来深谋远虑，深得曹操的信任，他这样一说，曹操果然冷静下来。他借口要想回信的内容将使者留了下来，并让人好好招待使者。

而后，他召来帐下的谋士们共同商议对策。正在商议之时，忽然探马来报，说吕布竟然悄悄带人攻破了兖州，随后占据了濮阳等地。

原来这吕布自从李、郭攻陷长安后，先后投奔了袁术、袁绍、张杨和张邈。在张邈麾下时，吕布遇到了劝说曹操失败后转投到张邈麾下的陈宫。

让吕布带兵攻打兖州的计策，正是陈宫献给张邈的。不得不说，陈宫这招"围魏救赵"可真狠，不仅解了陶谦的徐州之急，还把曹操的老窝一锅端了！

曹操听到急报后又气又恼，捶胸顿足大哭道："兖州有失，我无家可归了！"

此时，又是郭嘉站出来劝谏道："主公不可惊慌，我们即刻返回兖州就是。不过，我们此次撤军若想走得稳妥，还需……"说着说着，郭嘉就俯身凑到曹操耳边，将计策悄悄说给曹操听。曹操大喜，依计行事。

他一边安排下属悄悄准备撤兵的事宜，一边叫来使者，给刘备带了一封回信，信中大意是：看了你的来信我大受震撼，深知此行不义，我准备连夜撤兵回去了。我这可全都是看在玄德你的面子上，这个大大的人情你将来记得还。

兖州被攻破的消息是曹仁派人加急送给曹操的，陶谦、刘备等人并不知晓，一看见曹操撤兵，他们还真以为是被刘备的一封信给说动的。陶谦大喜，连忙摆酒设宴，请孔融、田楷等人一起入城庆祝。

并且，陶谦见刘备一封书信就轻易化解了一场战争，对刘备的个人魅力深信不疑，在庆功宴上，他当着孔融、田楷等人的面，再次提出要把徐州让给刘备。

刘备还是义正词严地推辞，说："文举邀我一起来救徐州，本是义举。如今我若无端将徐州据为己有，恐怕天下人都要指着我的脊梁骨骂我乘人之危了！陶公这是要陷我于不义呀！"

陶谦还想再说些什么，一阵剧烈的咳嗽让他说不出话来。待这阵难受的咳嗽结束后，他才虚弱地说："玄德，你看，老朽已经年迈多病，无法再为国尽忠了，你就答应了吧。"

一旁的谋士糜竺见状也帮腔劝说道："我徐州殷实富足，有人口百万，刘使君若想在这乱世中建功立业，就不应该推辞这徐州州牧之位。"

刘备还是拒绝，他甚至想推荐袁术来担任徐州州牧之职。孔融听他这么说，鼻子里冷哼了一声，说："袁术那等无用之人何足挂齿？玄德，这徐州就是上天赐予你的，你今天要是不接受，以后后悔可来不及。"

刘备还是不为所动。

陶谦急得老泪纵横，说："玄德，你要是弃徐州而去，老朽死不瞑目！"

张飞见兄长推三阻四，早已不耐烦了，正要说些什么，被关羽用眼神制止了。关羽自己则声音淡淡地说："大哥，既然陶州牧诚意相让，你不妨接手过来，暂代徐州事宜呢？"

张飞忍不住附和道："是呀，是他好意让给你的，又不是抢他的，何必苦苦推辞呢？"

刘备怒目而视，道："你们两个，我的好兄弟，也要逼我做个不仁不义之人吗？"

众人又是一轮苦苦相劝，无奈刘备铁了心不肯接受徐州。陶谦最后也无奈了，只得请求道："如果玄德一定不肯接受，还请不要就此离去。距离徐州不远处有座小城，名叫小沛，那里可以屯兵。还请玄德将军队暂时驻扎在小沛，帮我担负起徐州的保卫工作，可以吗？"

陶谦的请求情真意切，刘备不好再推辞，这才答应下来。

于是，刘备到小沛屯兵，孔融、田楷等人各自率兵返回。

没过多久，徐州州牧陶谦的生命就走到了尽头。临去世之前，他派人把刘备请来，当着徐州大小官员和自家儿子的面，第三次请求刘备担任徐州州牧一职，并用手指着自己的心口,说:"玄……玄德,你万万不能再推辞了……老夫……"

说着,一口气没上来,陶谦就撒手人寰了。

众人满心悲痛地办完陶谦的丧事后,捧着州牧的印信规劝刘备就任。刘备还想再推辞,徐州的老百姓也纷纷赶来请求,他们边哭边拜,说:"您就可怜可怜我们徐州的老百姓吧!若不是您来管理此郡,我们往后怕是不得安生了!"

"起来,你们都起来,我刘备何德何能……"刘备见状红了眼眶,"好吧,我暂且代为管理,等有朝一日遇到贤德之人,我再让位。"

百姓们听他答应了,这才欢天喜地地回去。

随后,刘备将陶谦留下的举荐他为徐州州牧的遗表上奏给朝廷,原来陶谦麾下的谋士、将领,也都归入刘备麾下。

趣味走取链接：刘备真的不想要徐州吗

在本回中，徐州州牧陶谦诚心请求刘备来掌管徐州，刘备却一而再，再而三地推辞，不肯接受。著名的文学批评家毛宗岗在读到这段时曾提出了一个有趣的问题：刘备推辞徐州，是真推辞呢？还是假推辞呢？若他推辞徐州是真推辞，那他后面夺取刘璋的益州时为何又那么痛快呢？也许这就是大英雄不为人知的算计吧！他此时推辞得越坚决，接手徐州之后州牧之位才能坐得越稳当。

想想也是，徐州自古以来就因地理位置优越，是兵家必争之地。这对于想要"逐鹿中原"的刘备来说，不可能没有吸引力。

那么，刘备推辞徐州可能就不是真心想拒绝，而是在给自己的"仁义"人设添砖加瓦。在刘备刚开始起事时，"江湖"上就已经开始流传他仁义的传说了。因为仁义，他身边也聚拢了不少助力。要是陶谦刚提出让位的要求，刘备就顺水推舟地接受了，那他"仁义"的人设可就全毁了。所以他的推辞，是一种以退为进的手段，让自己的"仁义"形象更加牢固。

再者，刘备此时的资历尚浅，仅凭一个汉室宗亲的虚名，恐怕难以服众。而他一再推辞的结果，不仅让陶谦手下的徐州大小官员对他心服口服，也让其他诸侯对他接手徐州无异议，还显得他"谦逊"的品质难能可贵，这可谓一举多得。

若真是我们揣测的这样，那刘备还真是个会算计的大英雄呢。

濮阳城六将战吕布

——曹操差一点就全军覆没了

话说，吕布带兵攻占了曹操的大本营兖州，曹操得到消息后急忙带领大军回去救援，这个过程一波三折，比玄幻剧还要精彩，就好像三流的编剧黔驴技穷后东拼西凑出来的桥段，巧合一个接着一个，悬念迭起，但偏偏又都真的发生了。

曹操自认为非常了解吕布——吕布这个人，就是传说中"能将一手好牌打得稀巴烂"的能手，老天爷给了他满级的武力值、魅力值和运气值，却好像忘记了给他脑子，是个仅有匹夫之勇的莽夫。

曹操也十分看不起吕布这种"真小人"，所以他虽然忌惮吕布的战斗力，但从一开始就没将吕布放在心上。

但曹操万万没想到，就是这样一个人，竟然端了他的大本营。要不是荀彧、程昱等人拼死守住了个别地方，自己的大本营就要全都改姓吕了。

"吕布这个莽夫，怎么会这么快就攻下了我的兖州和濮阳？"

"主公，我听说现在是陈宫在辅佐吕布。"

谋士的一句提醒，让曹操忍不住心里一激灵。是的，脑子是个好东西，吕布可能没有，但陈宫一定有。有了陈宫，吕布便如虎添翼，成了一个不容易对付的刺儿头。

一想到这里,曹操心里便把陈宫恨上千百回,当初与陈宫决裂的情景再次浮上心头,他不由得暗骂道:"这个虚伪的老匹夫!当初是我一时心软,才留下这样的祸患!早知道……"

见曹操咬牙切齿、眉头深锁,一旁的谋士赶忙又开口道:"主公倒也不必过分忧虑。据属下探听,吕布这厮自负得很,也不一定会听陈宫的话。他的自负就是我们最大的胜算!"

"这倒也是,吕布没成事之前或许还能听得进去陈宫的建议,现在嘛,哈哈哈哈哈……不足为惧!"曹操大笑着说。

果然不出曹操和谋士所料,陈宫的精心策划没能敌得过吕布的自负,他放着固若金汤的兖州不守,非要亲自去濮阳搞什么鼎足之势迎敌,将兖州留给自己的副将,把陈宫气得胡子乱抖。

陈宫听说吕布已经准备出发了,急忙拦住他劝说道:"将军,不可啊!副将薛兰一定守不住兖州,待曹操大军一到,兖州必然会失守。而您若留在兖州,距离兖州正南方一百八十里的地方是一处泰山天险,两侧山势陡峭,在此处伏击回援的曹操大军,一定能取胜啊!"

吕布骑在马上,匕斜着眼睛,不高兴地说:"我身经数百战,从来没有败过,你哪里知道我用兵的妙处!"

说完,双腿轻踢马腹,赤兔马腾云驾雾般往濮阳方向绝尘而去。

当曹操领着大军来到泰山天险之处时,谋士郭嘉观察了一番地貌后,立刻禀告说:"主公,这个地方地势险要,恐怕吕布会设埋伏,要小心行进。"

曹操在马上哈哈大笑,说:"要是陈宫能做主,他必然会在此处伏击我,而我也没有胜算。但吕布这个家伙哪有这等心胸,能听得进去陈宫的计谋?所以放心大胆地走吧,让曹仁带一队人马包围兖州,我要亲自去濮阳收拾吕布!"

吕布得到曹操大军已经临近濮阳的消息，依旧不慌不忙，陈宫倒是急得眼圈都红了，献计说："将军，曹军远道而来，还没来得及休整，我们以逸待劳，赶快抓住战机进攻吧！"

吕布不屑地说："我吕奉先打了那么多仗，从不乘人之危。且等他曹军安营扎寨停当，我再去叫阵！"

陈宫急得直跺脚，说："对曹操这种小人，哪里用得着讲这种礼节！还请将军速战速决！"

吕布又是一笑，语气中带着一丝不易察觉的质问，说："我吕布单枪匹马就能纵横天下，莫不是你认为，我会怕曹操不成？"

陈宫不好再与他争辩，又恨铁不成钢，差点把自己的后槽牙都咬碎了。

几天后，曹操的大军休整完毕，精神抖擞地在城外摆开了阵势。曹操满意地看着自己的大军：盔甲在阳光下闪闪发光，将士们一个个如狼似虎，斗志昂扬；大将夏侯惇、乐进等人目光坚毅，展现出无与伦比的威武和力量。

突然，一阵急躁的鼓声打断了曹操的审视，曹操定睛一看，吕布骑着赤兔马，手持方天画戟，出现在对面阵营中。

吕布目光冷冷地在战场上逡巡，所到之处，曹军将士心头俱是一怔：这吕布，果然英武不凡！

曹操指着吕布质问道："吕奉先，我和你往日无怨、近日无仇，你为什么要夺我的地盘，和我过不去？"

吕布一摆方天画戟，语气中略带嘲讽地说："笑话！普天之下都是汉家的土地，有哪一块姓曹？你可夺，我为何不能夺？"

曹操听得心头火起，派了乐进和夏侯惇先后出战，吕布这边也派出臧霸和张辽迎战，双方缠斗了三十多个回合，不分胜负。

吕布等得不耐烦了,气恼地拍马加入战局。乐进和夏侯惇又哪里是吕布的对手,没有几个回合,便败下阵来。

这一战,曹军大败,后撤三四十里。

吕布得意扬扬地收了兵,回到营帐就开始饮酒作乐。陈宫劝他说:"将军,西寨是个要紧地方,恐怕曹操夜里要偷袭。那里兵力薄弱,还请将军早做准备。"

见陈宫来扫兴,吕布不高兴地将酒杯往桌案上一扔,说:"你为什么总是小瞧本将军?我今日将曹操打得大败,纵使借他十个胆子,他都不敢来!"

"可那曹操诡计多端,又擅长用兵……"

吕布不客气地打断陈宫:"你和他有交情,自以为了解他。可我吕布却不把他放在眼里。"

吕布话虽然说得硬气,但架不住帐下的高顺、魏续、侯成等一众将领都劝他防守,思忖了一番后,吕布才不情不愿地调拨了人马去西寨。

事实证明,陈宫的预判是准确的。

曹操被吕布打败后,回到寨中就召集了众将商议接下来的仗该如何打,他手下的于禁直接将目光瞄准了西寨,提议夜袭。

曹操甚至等不及夜晚,黄昏时分就领兵到了西寨。这个时候吕布派来防守的人马还在路上,西寨里现有的人马抵挡不住,叫曹操顺利夺了西寨。

将近四更天时,奉命来防守西寨的高顺等人才抵达西寨,眼见西寨已经被曹操所夺,二话不说就加入了混战,并派人给吕布报信。

吕布在得到消息后,第一时间就安排了几路人马到西寨附近分别设伏,然后亲自率军去救西寨。

曹操一直战斗到天亮,也没有占到上风,眼下听说吕布来了,干脆直接弃了西寨逃走。但吕布之前的安排也不是白做的,曹操不管朝哪个方向突围,总能遇到吕布的军队,

可以说是举步维艰。

眼看着无计可脱，性命攸关，曹操索性敞开喉咙大叫了一声："谁来救我！"

"主公！属下来了！"一声暴喝之后，曹操的身旁出现了一个黑铁塔般的人影，是典韦。

只见他翻身下马，将自己趁手的双戟插回背上，蒲扇般的大手从怀中掏出十数支小戟，大义凛然地走到曹操马前，冒着箭雨为曹操开路。

众人跟着典韦的步伐稳步向前移动，典韦的一双虎目炯炯有神怒视着前方，对身旁的军士说："敌人到十步内呼我！"

"到十步啦！"

"到五步内再呼我！"

"五步啦！"

"来得好！"

话音刚落，典韦手头的小戟就如流星般飞出，所到之处，哀号声不绝。其他人见状，也纷纷奔走躲避，吕布的包围圈就这样被典韦硬生生撕开了一道口子。典韦翻身上马，抽出自己趁手的一对大铁戟，朝着敌军冲杀过去。

吕布安排的几个将领都不是典韦的对手，曹操就这样被典韦救出了困境。

获救之后的曹操重赏了典韦，还将典韦升为领军都尉，让他在自己的身边近身护卫。

此时此刻的曹操还不知道，重用典韦，将是他此生最正确的决定。因为在不久之后，典韦一次又一次在熊熊战火中浴血奋战，为曹操杀出一条生路，这都是后话。

接着说回吕布，吕布见陈宫接二连三地预判了曹操的预判，才终于认识到一件事：陈宫的脑子确实要比自己的好用。所以，在回到营帐之后，他立刻向陈宫讨教战胜曹操的办法。

陈宫说："将军，对付曹操，只能智取。"

"哦？怎么说？"

陈宫凑近吕布，在他耳边悄声说了一条计策：派人去假降，诱曹操入城。吕布听完大喜，直拍着陈宫的肩膀说："还是你高明！"

另一边的曹操，刚从死里逃生，正在安抚军心时，忽然就收到了一封来自濮阳城中田氏富商的来信。曹操展开信纸一看，这个田氏富商在信中大骂吕布残暴无道，说濮阳城中的百姓心中对他都有怨气。如今吕布打算移兵黎阳，城中空虚，曹操若是此时来攻打濮阳城，他愿意做内应，在城中竖起一面"义"字旗作为暗号。

这可真是从天而降的好消息，曹操看完大笑着说："天助我也！天助我也！"

他身边的谋士刘晔却不敢掉以轻心，小心询问道："主公，这会不会是陈宫的诡计？"

曹操本就是个多疑的人，听了刘晔的提醒，笑容渐渐凝固在脸上，但他又不想白白错过这个好机会。最终，他听从了刘晔的建议，将大军分成三路，一路进城，两路在城外埋伏接应，以防有变故发生。

到了约定好的日子，曹操带人来到濮阳城下巡视，果然没过多久就看到城墙的西门角上悄悄出现一杆白色大旗，上面写着一个粗大的"义"字，曹操心中大喜。

不多会儿，城门开了，城中的侯成、高顺领兵来战曹操，但都被典韦带兵打了回去。混战中，有自称是田氏使者的人悄悄摸进了曹操的大营，送来一封密信，上面写道："今晚初更，城头上鸣锣为号，将军届时可以攻城，我将打开城门献城。"

曹操不由得笑逐颜开，说："这姓田的果然识时务！"

曹操安排夏侯惇领左路兵马、曹洪领右路兵马在城外接应，自己则带着夏侯渊、李典、乐进、典韦四位将领率兵入城。李典原本还想劝说曹操不要亲身冒险，在城外等他们的消息就好，曹操却驳回了他的建议，说："我若贪图安逸躲在后方，将士们又怎么会勇往直前？"

到了初更时分，月亮还没有升起来，城头一片昏暗。突然就听见城头上锣声大作，城门洞开，不一会儿就看见吊桥被放了下来。

曹操激动地拍马率先冲入城门。不料都快行至州府衙门了，这一路上都不见一人。

糟糕！是一座空城！

"上当了！"曹操一边掉转马头，一边大叫，"快快退出城门！"

曹操还没来得及出城，就听见州府衙门方向传来一声炮响，张辽、臧霸分别带人从东西两边的巷子里冲杀出来。

曹军顿时人仰马翻，一片混乱，前军和后军相互冲撞，把曹操死死地困在城中。

曹操转战了几处城门，都未能冲杀出去，还不幸与几位将军冲散了。

典韦冲杀出城外，没有看到曹操的身影，只得又一次冲入城中。在城门口，他遇到了也在寻找曹操的李典，典韦急忙问："看见主公了吗？"

李典回答说："我也没找到主公。"

典韦立刻拍马向前："你速去城外催促援军，我继续去找主公。"

"主公，主公，你在哪里？"混战中，典韦粗壮的声音狂呼着。

曹操大喜，立刻回应道："我在这里！我在这里！"

可嘈杂的喊杀声淹没了曹操的呼救，混乱的人群也阻隔了他的步伐，他只能眼睁睁地看着典韦魁梧的身影在城门口冲进冲出寻找自己，而他却无法叫住典韦。

曹操双眼一闭，悲从中来："我曹孟德难道今天要死在这里了吗？"

眼见着吕布的人马再次围了上来，他咬咬牙，只得掉转马头，向濮阳城北门冲去。

突然，火光中，吕布一人一骑飞奔而来，转眼就到了近前，曹操吓得魂飞魄散。他急中生智，立马用手挡住脸，低着头骑马往前冲。

"哐当！"只听得一声脆响，曹操的脑袋嗡嗡作响。

原来是吕布用方天画戟戳了戳他的头盔，问："曹操在哪儿？"

曹操哑着嗓子用手胡乱指了指身后，说："那个骑黄马的就是曹操。"

吕布闻言,弃了这个"小兵",拍马直追"曹操"而去。他将方天画戟高举在空中,高声下令道:"谁杀了曹操,必有重赏!"

曹操一身冷汗,战战兢兢地拨马冲向东门,心中暗道:"好险,差点就做了吕布方天画戟下的鬼……"

刚到东门附近,曹操就遇到了满脸焦急、四处寻找他的典韦。那一瞬间,曹操泪流满面。

"主公,我来迟了!"典韦一边大叫着,一边冲上来护住曹操。他一双大手挥舞着一对铁戟,为曹操辟出一条血路来。

曹操原以为就此得救了,不料刚走入城门道,熊熊大火将门道内的梁柱烧断了,那火梁正好打在曹操的马后胯上,一下子就把曹操的马砸倒在地,连曹操的手臂都被烧伤了。

典韦赶紧回马来救,用铁戟撑起梁柱将曹操救了出来。恰好这个时候夏侯渊也赶来接应,两人将曹操扶上夏侯渊的马,而后由典韦开道杀出城去。

曹操又一次与死神擦肩而过。回到营寨后,他忍不住哈哈大笑:"我曹操命不该绝!吕奉先,该我要你的命了!"

郭嘉问:"主公是否心中已经有了计策?"

曹操回答说:"不错,我准备将计就计,你迅速安排人放出风声,说我被火烧伤,回到营寨就死了。吕布这家伙头脑简单,一定会带兵前来攻打,到时候我在马陵山中埋下伏兵,定能一举擒获吕布。"

吕布果然中计,一听说曹操死了的消息,立马就迫不及待地杀向曹营,刚走到马陵山就被曹操埋伏的人马打了个落花流水。吕布抵死作战才逃了出去,但也折损了好多人马,只得退回濮阳城中坚守不出。

也是在这一年,发生了蝗灾,粮食短缺,吕布将军队移到山阳驻扎。

曹操则乘机向东攻城略地，让军队到汝南、颍川去谋取粮草。在这个过程中曹操不仅收降了大批黄巾军，还获得了许褚这员猛将。

曹操平定汝南、颍川两地后，听说兖州的守军忙着出城抢粮，城中空虚，就派新得的大将许褚领兵攻打，许褚在李典的配合下三下五除二就夺下了兖州城。

曹操乘胜追击攻打濮阳城，吕布再一次无视了陈宫的劝告，部将还没聚拢齐全就贸然开战。

但曹操可深知吕布的战斗力，一下子派出了许褚、典韦、夏侯惇、夏侯渊、李典和乐进六员大将围攻吕布。

吕布抵挡不住，就想逃回濮阳城去，可城中的田氏族人已经真的投靠了曹操，一看吕布败逃，立马叫人收起吊桥，阻止吕布入城。吕布无法，只得逃到定陶去了。

曹操的谋士刘晔对他说："吕布是只猛虎，万万不可让他有喘息的机会，否则将会卷土重来。"

于是，曹操在自己的营寨附近故布疑阵，引吕布前来攻打，而吕布再次无视了陈宫"不可轻敌"的劝说，贸贸然就冲了过去。结果显而易见，他再一次以败逃收场，还折损了三分之二的将士。

至此，山东境内的全部地盘又重新回到了曹操的政治版图上。

吕布这个政治流氓，明明有陈宫这个"超级大脑"，却因为自大亲手葬送了自己赖以生存的政治资本，落得如丧家之犬。

吕布在海滨收集自己的残败兵马，而后带着他们去徐州投奔刘备了。

选择刘备，是陈宫指给吕布的最后一条生路。吕布这次不敢再自大了，非常听劝地去了徐州。

徐州的刘备听说当今天下第一英勇的人要来，准备亲自出城以大礼相迎。

刘备帐下的谋士糜竺看不过去，直言不讳地劝说道："主公，吕布是个小人，有虎狼之心，收留不得啊！"

刘备却一脸温和地反驳说："如今他落魄前来投奔，我诚心相待，他又怎么会有坏心呢？"

"像吕布这种四处认父亲的小人，才配不上哥哥的一片真心！"张飞瞪大双眼，从鼻子里冷哼出声。

"吕布是个小人，大哥不得不防。"关羽也应声附和着。

刘备却摇摇头正色道："二弟、三弟，你们不要说这样的话。吕布乃当世英雄，他当初袭击兖州，解了徐州的燃眉之急，也算于我徐州有恩。如今他落魄了，我们又怎么能袖手旁观呢？"

张飞急了，抢先说道："可是……哥哥，吕布臭名昭著，你收留了这家伙，不是给自己四方树敌吗？"

一旁的谋士也跟着劝说道："是啊，主公，吕布与曹操才结下深仇大恨，您帮吕布，不就是公开与曹操为敌吗？"

刘备依旧温和地说："不妨，不妨。世间自有公论。"

关羽见大哥主意已定，不再说话。

次日，刘备便亲自领着众人出城门三十里去迎接吕布。两人一起骑马入城，来到刘备的住处，携手入席。

吕布本就为刘备的礼待心中一喜，宴席上发生的一件事更是让吕布喜上加喜。

只见刘备突然命人捧出徐州州牧的大印，对吕布说："奉先，自从陶州牧去世以后，徐州无人统领，所以令我暂时代理徐州事宜。我无才无德，今天幸亏你来了，不如就由你来做徐州州牧吧！"

说罢，刘备就亲自接过大印躬身递过去。

吕布下意识地伸手想接，忽然觉得有刀子一般的目光投射到自己身上，吕布吓得一激灵,这才发现是刘备身后的关羽和张飞,两人正怒目而视,那目光分明像是在说:"你敢?"

吕布也觉得自己过于失态了,他微微一笑,掩饰住脸上的尴尬之色,而后双手推拒道:"玄德公,使不得啊!我只是一介勇夫,哪里懂得治理郡县?"

刘备面色坦然地再次相让,说:"天下的人,谁不知道奉先你是一等一的大英雄呢?你要是做了徐州州牧,还有谁敢觊觎徐州?"

吕布还想说话,陈宫抢先开口说道:"玄德公,还请收回印信。正所谓'客不压主',我等并无抢地盘之心,不过是想求个容身之所罢了。"

刘备听他这么说,才不再谦让。他命人收拾宅院给吕布住下,把吕布奉为座上宾,凡事都高看一眼。

这天,刘备设宴款待吕布,谁知这吕布是个一喝醉酒就胡言乱语的家伙,言谈举止十分孟浪,还高声呼喊刘备为"贤弟",频频惹得心直口快的张飞怒不可遏。

张飞几次三番挑衅吕布:"姓吕的,来来来,和我大战三百个回合!"

吕布脸皮上受不住,要向刘备辞行。刘备苦苦挽留不成,只得让吕布带着一家老小暂居小沛,以免和张飞再发生冲突。

趣味链接 有趣的印信文化

在本回中，刘备准备把徐州州牧的职位让给吕布，为表示诚意，还特意拿出了州牧的印信奉上。

印信，通常也被称作"印章"或"玺印"，是中华优秀传统文化的符号之一。2008年北京奥运会的会徽和2022年北京冬奥会的体育图标，都采用了中国传统的金石印章作为设计元素。

之所以如此，是因为中国自古就是重视使用印信的国度，皇帝有玉玺，衙门有官印，个人有私章，印信就是权力和身份的象征，也是证明身份的信物。在某个文件上盖了印信，就表示这件事我知晓并认同，所以印信也是责任与信义的体现。

从宏观上来讲，印信可以分为公印和私印。公印上通常刻着官职、爵位名称，材质也比较讲究；私印则会刻个人的名字、字号，有的也会刻上自己的兴趣爱好或喜爱的诗词，类型十分丰富，材质也五花八门。

一个人若是拥有多重身份，也会有多枚印信。南北朝时期一个名叫独孤信的大臣就因为自己身兼数职、印信太多，使用起来多有不便，于是他就将自己的印信刻在一块由煤精石雕琢而成的多面体上，这就是在陕西省旬阳县城东南出土的文物——独孤信多面体煤精组印。这枚多面体印信有26个大小不一的印面，其中有14个印面上刻着规范的楷书阴文。每个印面的印文内容不同，各有其用途，是一枚十分独特的印信文物。